50

50

홍정욱 에세이

위즈덤하우스

내 친구들에게

들어가며

　내 첫 소셜 미디어는 뒤늦게 시작한 싸이월드였다. 트위터, 페이스북, 인스타그램도 뒷북을 쳤다. 사생활을 드러내기 꺼려하는 내 성격은 소셜 미디어와 잘 어울리지 않았다. 반면 감성적인 글은 걱정이 직업인 비서들을 늘 불안에 떨게 했다. 기업인과 정치인으로서 사람들과 적극 소통해야 할 필요가 없었다면 '눈팅'만 하는 게 더 편했을지도 모르겠다.

　지난 가을, 재택근무를 변명 삼아 집에서 시간을 보냈다. "죽어 썩자마자 잊혀지고 싶지 않으면 읽을 만한 책을 쓰거나 써줄 만한 일을 하라"던 벤자민 프랭클린의 말이 떠올랐다. 집에 앉아 써줄 만한 일을 찾기는 힘들고, 10년간 내 소셜 미디어에 올렸던 글 몇 개를 골라 에세이로 써보자는 생각이 들었다. 때마침 50세가 되었으니 50개 꼭지를 골랐다.

누군가 내 소셜 미디어를 보고 말했다. "기업인이 기업인의 언어를 안 쓰고, 정치인이 정치인의 언어를 안 쓴다." 기업인과 정치인의 언어가 뭔지는 모르겠지만, 나는 소셜 미디어에 기업인으로서 회사를 홍보하고 정치인으로서 정책을 옹호하는 게 겸연쩍었다. 너무 뻔했기 때문이다. 일관성은 창의적이지 못한 이들의 마지막 도피처라 하지 않았나?

그래서 삶에 관하여 썼다. 나는 10대에 미국으로 떠났고, 20대에 법조계와 금융계와 스타트업을 거쳤으며, 30대에 언론 사주와 국회의원의 옷을 입었고, 40대에 그 옷을 벗고 환경과 경영에 전념했다. 치열하게 살아온 까닭은 남에게 보여주거나 정해놓은 곳에 도달하기 위해서가 아니다. 내가 세상에 태어난 이유, 나의 소명을 찾기 위해서였다.

내 여정에 어떤 이야기들이 쌓여갈지 알 수 없다. 다만 "원하는 것이 있는 한 살아갈 이유가 있고, 만족은 곧 죽음"이라는 버나드 쇼의 말처럼, 소명을 찾으려는 열망이 있는 한 내게는 살아갈 이유가 있다. 지식과 경험과 철학으로 준비하고 깨어 있으면 기회는 비처럼 쏟아지기 마련이다. 사람의 노력과 하늘의 축복으로, 볼 수 있고 잡을 수 있길 바랄 뿐이다.

문득 여러분은 자신의 소명을 찾으셨는지 궁금해진다.

2020년 겨울

차례

들어가며   006

01

"세상은 가슴의 소리를 듣는 이들과 못 듣는 이들로
나뉜다. 행복한 삶과 불행한 삶도 그렇게 나뉜다."

- Facebook

내게 '가슴의 소리'는 숨죽여 듣는 소리가 아니다. '이거다!'
라는 외침과 함께 가슴이 두근대고 뱃속이 울렁이는 본능적인
느낌이다. 거역할 수 없고 잊을 수도 없다. 나는 늘 직관을 따랐
다. 창업을 할 때도, 출마를 할 때도, 사랑을 할 때도 그랬다. 가
슴의 소리를 따르면 실패해도 후회가 없었다. 반면 이성의 소
리를 따르면 성공해도 감동이 없었다. 칼릴 지브란이 말한 "사
고의 검증을 초월한 가슴의 지식" – 그것이 가슴의 소리다.

"시간은 한정돼 있다. 그러니 다른 사람의 삶을 사느라 네 시간을
낭비하지 말라."

– 스티브 잡스

"나 회사 시작하려고."

나는 아내에게 다짜고짜 계획을 말했다.

"그래? 무슨 회사?"

"확실하지 않지만 건축과 인터넷을 접목한 플랫폼 같은 거야."

"건축이나 인터넷에 대해 아무것도 모르잖아. 플랫폼은 뭐야?"

"여럿이 함께 일하는 시스템 같은 건데, 확실한 건 더 이상 남 밑에서 일하기는 싫어."

1999년 봄이었다. 고액 연봉의 투자금융은행을 떠나는 결정 치고는 설득력이 약했지만 아내는 가만히 들어줬다. 왜 걱정이 안 됐겠는가? 그러나 아내는 내 도전의 의지를 꺾으려 하지 않았다. 나도 성급히 그만두고 싶은 생각은 없었다. 가진 돈도 없었고 학자금 대출과 카드빚이 수십만 달러에 달했다. 1년은 채우고 그만둬야 보너스도 받을 수 있었다. 보너스를 받았을 즈음 나는 동료들이 탐내는 큰 M&A 프로젝트의 일원이 됐다. 그러나 나는 그날로 회사에 사의를 밝혔다.

"좋은 프로젝트에 들어갔는데 왜 그만두려고?"

"캘리포니아에 가서 스타트업을 시작할 계획입니다."

"몇 년 더 경험을 쌓은 뒤에 해도 늦지 않잖아?"

"지금 그만두지 않으면 못 그만둘 것 같습니다."

"그럼 안 그만두면 되지."

"언젠가 제 아이들이 아빠는 인터넷혁명 때 뭘 하고 있었냐고 물어보면 성공했든 실패했든 최전방에 있었다고 말해주고 싶습니다."

동료들도 말렸지만 내 결정은 확고했다. 사실 난 열다섯에 미국으로 떠날 때도 막무가내였다. 어떻게 어려운 학교에 합격할 것이고, 어떻게 비싼 학비를 마련할 것인지… 부모님은 걱정하셨지만 철없는 내게는 부차적인 고민이었다. 못 가면 인생이 끝날 것 같은 절박함뿐이었다. 그 후 난 최고의 엘리트가 되겠다는 목표를 향해 한 치의 오차도 없이 달려왔다. 그러나 월스트리트의 커리어가 막 시작되려는 순간, 나는 다시 가슴의 소리를 듣게 되었다.

"확신으로 시작하는 자 회의에 빠질 것이며, 의심으로 시작하는 자 확신을 얻을 것이다." 프랜시스 베이컨의 경고처럼 나도 두려웠다. 실제 그렇게 시작한 회사는 1년 만에 처참히 파산했다. 그럼에도 불구하고 실패 속에서 성공을 일구며 내 고유의 의지대로 살아가겠다는 가슴의 울림은 여전했다. '다시는 남의 밑에서 남의 지시를 받으며 살지 않는다. 평생을 양으로 사느니 하루를 살아도 사자로 살자.' 이성의 판단에 순종하면 잘못이 없고, 가슴의 부름에 응답하면 후회가 없다. 내게 성공은 후회 없는 삶이었다.

"'전설적인 지도자, 신화적인 기업인, 불멸의 예술가일 수 있었으나 가슴의 소리를 듣지 못했다'가 아닌 '늘 깨어 있고 도전했고 행동했다'는 삶을 영위하시길."

- Twitter

02

"나를 바꾸는 것도 이렇게 어려운데
남을 바꾸는 것이 어떻게 쉽겠는가?"

- Instagram

나는 40년 넘게 같은 머리 모양을 고수하고 있다. 소위 7:3 가르마라고 한다. 어릴 때 어머니가 한 번 빗어주신 이후로 지금까지 그대로다. 샤워를 해도, 수영을 해도 자연스레 왼쪽에서 오른쪽으로 넘어간다. 몇 년마다 한 번씩 바꿔보지만 하루를 못 넘기고 원상태로 돌려놓는다. 내가 즐겨 입는 옷은 베이지색 치노 바지에 흰 버튼다운 셔츠다. 요즘 사진을 고등학교나 대학교 때 사진과 비교해보면 복장은 똑같고 사람만 늙었다. 가끔 흰 셔츠를 하늘색 셔츠로 바꿔본다. 정말 와일드한 기분이면 핑크색도 입어본다. 그러나 밖에 나가면 세상 사람들이 다 나를 쳐다보는 것 같다.

나는 책을 좋아하지만 대학 시절 이후 소설은 거의 안 읽는다. 책에서 답을 찾으려는 성향 때문인지 상상보다는 현실을 선호한다. 전기와 자서전을 좋아하고, 전문 서적도 학자들보다 경영자나 정치가가 쓴 책을 고르며, 고전도 문학보다는 철학에 먼저 손이 간다. 아이들은 내가 읽는 책들을 보며 어떻게 그런 책을 재미로 읽을 수 있냐고 황당해한다.

한편 내 취미는 수집이 아니라 정리다. 내 책상은 늘 깨끗이 치워져 있다. 노트북에는 저장된 문서가 거의 없고, 많은 이메일이 와도 받은 편지함은 항상 비워져 있다. 내 전화기도 90퍼센트 이상이 사용 가능 공간이다. 지우고, 비우고, 버리는 습관 때문이다.

나는 소셜 미디어에서 보여지는 모습과 달리 다혈질인 편이다. 이해심과 참을성과 융통성도 부족하다. 임직원들은 될수록 나와의 미팅을 피하고, 집에서는 내게 거북한 얘기를 잘 안 꺼낸다. 심지어 부모님도 내게 민감한 얘기를 하시기 전에 내 상태가 어떤지 가족들에게 먼저 물어보신다. 내 치열함도 인간관계에서는 하자일 때가 많다. 사랑이나 우정이나 내 목표치나 눈높이에 미치지 못해도 양보하고 타협하고 인정해야 할 때가 있다. 내 목표치나 눈높이가 잘못된 경우도 허다하다. 그런데 시도 때도 없이 치열해서 항상 원하는 걸 이루려 하니 피곤한 사람이다.

조지 소로스는 《오류의 시대》에서 "불완전한 인간은 자신의 오류를 인정할 때 비로소 진실에 다가갈 수 있다"고 했다. 나는 내 오류를 인정한다. 그리고 '살 만큼 살았건만 왜 아직도 이 모양 이 꼴인가?'라는 자괴감을 느끼곤 한다. 바뀌려고 부단히 노력도 한다. 독서와 필사를 거듭하고, 기도에 명상까지 모든 방법을 동원한다. 그래서 가끔씩 달라졌다는 생각이 들 때도 있다. 그러나 노벨물리학상 수상자인 리처드 파인만은 "세상에서 가장 속이기 쉬운 사람은 나 자신"이라고 했다. 아니나 다를까 예상 못한 자극을 받거나 선택의 기로에 놓이면 본연의 모습으로 돌아가고 만다.

그러면서 남들이 사랑과 인생에 대해 조언을 구하면 청산유수 같은 답을 쏟아낸다. 그들에게 해주는 말만큼만 스스로 실천하면 훌륭한 인격체가 될 수 있을 텐데. 오늘도 이 글을 쓰기 전에 주간 경영 회의를 주관했다. 실적도 안 좋고 민감한 이슈도 많았지만 끝까지 곱게 경청하고 방향을 제시한 뒤 끝내려 했다. 그러나 결국 화를 내고 말았다. '회장님은 고전은 왜 읽고 명상은 왜 하시는 걸까?'라는 불만이 여기까지 들리는 듯하다. 할 수 없다. 공자는 《논어》에서 "제 무능함을 걱정하나 남이 알아주지 않음을 염려하지는 않는다"고 했다. 나를 바꾸는 노력은 죽어서야 끝날 것 같다.

"병아리가 고민과 걱정으로 알을 깨는가? 끊임없이 두드리고
움직여야 한다."

- Twitter

03

"인생을 낭비하는 가장 큰 이유는 버텨야 할 때 관두고
관둬야 할 때 버티기 때문이다.
지식과 지혜는 그 판단을 돕기 위해 축적하는 것이다."

- Facebook

 스물넷 되던 해, 베이징대학교 국제정치학 대학원에 합격한
나는 첫 학기를 시작하기도 전에 혼란에 빠졌다. 나는 중국이
좋았다. 하루가 다르게 변화하는 성장의 광기 속에서도 풋풋한
인정이 남아 있었다. 헝클어진 머리와 허름한 옷차림의 학생들
은 내가 하버드대학교 졸업생이라는 걸 알고 한 마디의 영어라
도 더 배우려 내게 말을 걸었다. 그들의 때 묻지 않은 환한 웃음
도 보기 좋았다. 비록 겉모습은 소박했지만 중국 최고의 인재
들로서 언젠가 큰 기업을 이루고 큰 나라를 건설할 사람들이라
는 자신감과 저력이 느껴졌다.

 그러나 나는 불안했다. 낡은 사회과학 교과서를 외우며 '나
는 누구고 여기는 어디인가?'라는 생각뿐이었다. 법률과 경영
처럼 실용적인 학문에 대한 갈증도 느꼈다. 다들 미국에서 첨

단 무기로 무장을 하고 있는데 나 홀로 중국에서 목검을 갈고 있는 느낌이었다. 결국 한 학기를 마치고 그해 가을 미국의 로스쿨에 지원해 스탠퍼드대학교에 합격했다. 중국에서 1년 가까이 보냈지만 중국어도 서툴렀고, 인맥이라 부를 만한 친구도 없었다. 제대로 중국을 돌아본 적도, 희귀한 중국 음식을 먹어본 적도 없었다. 중국에 대한 지식은 하버드대학교에서 배운 게 더 많았다.

친구가 내게 권했다. "어차피 온 건데 한 해만 더 있다가 가지. 중국에 대한 안 좋은 편견만 갖고 떠나는 것 같아 걱정된다. 우리에게 중요한 나라가 될 텐데."

맞는 말이었다. 하지만 이미 나는 로스쿨 진학에 꽂혀 있었기에 도리가 없었다. 결국 1년을 못 채우고 베이징을 떠났다. 그 후 사람들이 나를 중국에서 공부했다고 소개할 때마다 등에 식은땀이 흘렀다. 특히 시진핑 주석 앞에서 내가 베이징대학교 출신이라고 소개받았을 때는 벽을 뚫고 도망가고 싶었다. 내가 중국어로 인사말을 하면 중국 사람들은 대부분 환하게 웃어 주지만 감탄 대신 서툰 말을 귀여워하는 느낌이다. 귀여움은 내가 지향하는 바가 아니다.

최적의 타이밍을 예측할 수 있는 사람은 없다. 시간이 흐른 뒤 선택의 옳고 그름을 평가할 뿐이다. 나는 가슴의 소리에 의존하기에 결정에 대한 후회가 없는 편이다. 다만 가슴의 소리를 따른다는 건 무작정 꽂히는 대로 움직이라는 뜻이 아니다.

쿵쿵대는 흥분이 조금 잦아들 때 더 정확한 가슴의 소리를 들을 수 있다. 실패의 위험을 줄이는 고민이 필요하고 사람들의 조언도 구해야 한다. 가슴의 결정을 두뇌의 분석으로 받쳐줘야 하는 것이다.

관둬야 할 때를 모르고 버틴 기억은 많지 않다. 그러나 성급한 결단을 후회한 적은 차고 넘친다. 이로 인해 많은 사람을 잃었고, 많은 기회를 놓쳤다. 계속 새로운 일에 꽂힐 때마다 하던 일을 그만둘 수는 없었다. 그래서 발상을 전환했다. 완전한 목표를 세우고 중간에 멈추느니, 절반의 목표를 세우고 완전히 달성하는 쪽으로. 중도에 그만두지 말고 시작한 일은 반드시 끝내자는 결심이었다. '절반의 성공'이란 대부분 구차한 변명이었기 때문이다.

"인내란 풀 수 있는 매듭을 자르지 않는 지혜. 따라올 틈을 주며 조금만 더 천천히."

- Twitter

04

"미뤄둔 일은 사라짐 없이 쌓이고 미뤄둔 꿈은 이뤄짐
없이 멀어질 뿐. 삶은 필히 정산을 요구한다."

- Facebook

로스쿨 신입생들의 고난과 도전을 그린 스콧 터로우의《One
L》이라는 책이 있다. 'One L'은 로스쿨 1년 차를 가리키는 말이
다. 로스쿨 첫해는 공부 좀 한다는 학생들에게도 악몽 같은 시
간이다. 화룡점정은 첫 기말고사다. 스탠퍼드대학교 로스쿨은
신입생들의 고통을 극대화하기 위해서인지 시험 일정을 겨울
방학 직후인 1월 2일로 잡았다. 모두 집으로 돌아간 학교 기숙
사에 홀로 남아 있는 건 고문이었다. 나는 비어 있는 친구 집에
머물기로 하고 무거운 법률 교과서들을 잔뜩 챙겨 뉴욕으로 떠
났다. 1998년 겨울의 일이다.

매일 15시간씩 공부에 몰입하다 보니 어느새 크리스마스이
브였다. 시계는 새벽 두 시를 가리키고 있었다. 나는 외투를 걸
치고 거리로 나갔다. 사람은 흔적조차 없었고, 차도와 인도의

구분 없이 아침부터 내린 눈이 수북이 쌓여 있었다. 다들 화이트 크리스마스라고 즐거워했을 것이다. 걷다 보니 5번가의 삭스 피프스 애비뉴(Saks Fifth Avenue) 백화점에 이르렀다. 불이 밝혀진 쇼윈도에는 호두까기 인형들이 춤을 추고 회전목마가 돌아가고 있었다. 나는 눈을 맞으며 한참을 바라봤다. 쓸쓸한 크리스마스였지만 마음 한구석이 따스해지는 느낌이었다.

단풍은 겨울로 가는 길을 밝히는 횃불이라고 한다. 내게 가을이 아름다운 이유는 청명한 하늘과 화려한 풍광 때문이 아니라 겨울로 가는 길목이기 때문이다. 겨울은 계절이 아니라 잔치라는 말이 있다. 나는 겨울이라는 말만 들어도 아직까지 가슴 한편이 설렌다. 크리스마스와 설날, 탐스러운 눈과 신선한 공기, 잘 익은 군밤과 따끈한 호빵까지, 겨울은 내가 좋아하는 많은 걸 갖고 있다. 이 찬란한 계절을 어떻게 싫어할 수 있는가?

겨울은 추억의 계절이다. 어릴 적 교회 아이들과 함께 집집마다 돌며 크리스마스 캐럴을 부르던 기억을 잊지 못한다. 아버지와 함께 강원도에 갔을 때 밤새 내린 눈으로 새로운 세상이 된 아침 정경도 떠오른다. 청년 시절 폼 나게 차려입고 친구들과 함께 거리를 쏘다니던 들뜬 기분도 기억에 생생하다. 나는 겨울에 결혼했고, 첫아이도 겨울에 태어났다. 내게 소중한 사람들 중에는 유독 겨울생이 많다. 간혹 폭설로 수업이 취소됐던 스노우 데이, 눈 덮인 홋카이도의 숲, 작년 겨울 내내 지핀 모닥불의 온기와 향기도 잊을 수 없다.

겨울은 스키의 계절이다. 스키는 날개를 다는 것 다음으로 멋진 일이며 기계의 도움 없이 최고의 속도를 낼 수 있는 스릴의 절정이다. 물론 스릴의 기억만 있는 것은 아니다. 친구와 나가노로 스키 여행을 갔는데 도착한 다음 날 큰 눈이 내렸다. 전후 최대의 폭설이라고 했다. 도로와 철도는 마비됐고 스키장도 문을 닫았다. 눈이 너무 많이 와 스키장이 닫힌 건 처음 겪는 일이었다. 우리는 도심에서 떨어진 곳에 묵었기에 갈 곳도 없었고 할 수 있는 건 온천욕뿐이었다. 친구와 나는 매일 10여 차례나 온천욕을 했고, 아무것도 안 바른 피부에서는 광이 났다.

　겨울은 끝과 시작의 계절이다. 한 해의 후회와 미련을 내려놓고 새해라는 이름 아래 다시 시작하게 한 신의 배려다. 나는 벤처기업 스트럭시콘을 겨울에 창업했다. 헤럴드도 겨울에 인수했고, 올재도 겨울에 시작했다. 국회의원 출마와 불출마 결정도 겨울에 내렸다. 내게 겨울은 미뤄둔 일을 끝마치고 미뤄둔 꿈을 시작하는 결산의 계절이다. 겨울이 오면 나는 신의 뜻대로 오판과 오류의 무거운 짐을 내려놓고 새로운 의지와 열정으로 나를 채운다. 특히 마음이 무거웠던 한 해, 나는 아이처럼 부푼 마음으로 겨울을 기다린다.

"어제의 나를 버리는 몸부림과 내일의 나를 부르는 솟구침….
오라, 새로운 시작이여! 한 치 흔들림 없는 고요한 의지로 너를
맞이하노라."

- Twitter

05

"예습 복습 한다고 일등이 되고, 근면 성실 하다고
부자가 되지는 않는다. 성공의 비밀은 집중력이다."

- Twitter

　　스탠퍼드대학교 로스쿨에 다닐 때 기말고사를 2주 정도 앞
두고 낮과 밤을 바꿨다. 오후 너덧 시쯤 잠들어 10시면 잠에서
깼다. 그리고 4000달러 주고 산 털털거리는 중고 자동차를 몰
고 동네 편의점에 가서 도넛과 커피를 샀다. (나는 도넛 마니아
다.) 때로 야간 순찰 중인 경찰들과 커피를 마시며 잡담도 나눴
다. 스탠퍼드대학교가 있는 팔로알토는 안전한 동네였기에 경
찰들도 한가했다. 집에 와서는 마일스 데이비스나 존 콜트레인
의 CD를 틀어놓고 공부를 시작했다. 아침 수업이 시작될 때까
지 새벽의 정적과 고독 속에서 학업에 집중했다.
　　중국에서 베이징대학교 대학원 입시를 준비할 때도 비슷했
다. 야밤에 일어나 아침까지 아무 방해 없이 공부에 몰입했다.
기숙사에는 통금이 있어서 12시 이후에는 아예 나갈 수가 없

었다. 찾아오는 친구들과 선배들도 없었다. 스탠퍼드대학교처럼 새벽에 도넛과 커피를 즐길 수 있는 낭만은 없었지만 나름의 매력이 있었다. 음악은 마음이 안정되는 바흐나 슈베르트를 반복해 들었다. 한번 앉으면 대여섯시간은 자리에서 일어나지 않았다. 새벽녘 기지개를 켜며, 자전거로 출근하는 중국인들의 모습을 바라보는 것은 내 소소한 낙이었다.

어릴 적 부모님은 집에서 나를 찾느라 자주 고생하셨다고 한다. 책상 밑에, 옷장 속에, 다락방에 처박혀 책을 보느라 불러도 답이 없었기 때문이었다. 나는 글이나 PT를 쓰기 시작하면 10시간이 걸려도 다 쓸 때까지 자리에서 일어나지 않는다. 로스쿨 1학년 여름 샌프란시스코 검찰에서 인턴십을 할 때는 〈문명〉이라는 게임에 빠져 며칠 밤을 꼬박 새웠다. 그때 아무리 불면증이 있는 사람도 이틀간 못 자면 뻗을 수밖에 없다는 진리를 깨달았다. 스키에 빠져들었을 때 나는 눈이 녹아 질퍽일 때까지 50일간 하루도 빠짐없이 탔다.

트위터에서 누군가 내게 덥고 지치는 날 공부를 잘 할 수 있는 방법이 있겠냐고 물어봤다. 나는 "올해도 여름의 더위와 겨울의 추위, 봄의 흥분과 가을의 낭만을 피할 수 있는 날은 없다"라고 답했다. 집중은 환경과의 싸움이다. 나는 이것저것 쉽게 해보고 그만두는 성격이 아니다. 독서도, 공부도, 일도, 운동도 욕구가 생길 때까지 절대 시작하지 않는다. 그러나 한번 꽂히면 끝이다. 사업도, 사랑도, 취미도 한번 마음이 가면 걷잡을 수 없다. 가히 광적이다. 그런 나 자신이 두려워 어느 것도 함부로 시작하지 않는다.

《대학》에서는 "마음이 거기에 있지 않으면 봐도 뵈지 않고, 들어도 들리지 않고, 먹어도 맛을 모른다"고 했다. 종일 도서관에 앉아 있다고 좋은 성적을 거두고, 결근없이 출근하고 빠짐없이 야근한다고 좋은 실적을 내고, 새벽부터 밤까지 뛰어다닌다고 부자가 되는 건 아니다. 얼마나 많은 시간을 보냈는가는 중요하지 않다. 때로 얼마나 열심히 했는가도 안 중요하다. 성공의 핵심은 초인적인 집중의 힘이다. 환경에 방해받지 않고 변수에 흔들리지 않는 몰입이다. 학교도, 직장도, 인생도, 단지 버텼다고 우등상을 주지는 않는다.

"관중 왈, '생각하고 또 생각하면 귀신도 통할 것이니 이는 귀
신의 힘이 아니라 정신의 극치다.' 안주하면 끝이다."

- Twitter

집중할 때 자주 듣는 음악 7가지

- 마일스 데이비스(Miles Davis), 《Round About Midnight》, 《Kind of Blue》, 《Ballads & Blues》

- 존 콜트레인(John Coltrane), 《Giant Steps》, 《Blue Train》, 《Ballads》, 《Traneing In》

- 사카모토 류이치(坂本龍一), 《Playing the Orchestra》, 《Playing the Piano》, 《BTTB》 및 사카모토 류이치 & 타에코 오누키(大貫妙子), 《UTAU》

- 밥 딜런(Bob Dylan), 《Blood on the Tracks》, 《The Freewheelin' Bob Dylan》, 모든 부틀렉(bootleg) 시리즈

- 요한 제바스티안 바흐(Johann Sebastian Bach), 《피아노 파르티타 1~6번(Piano Partitas No.1~6)》, 《골드베르크 변주곡(The Goldberg Variations)》

- 프란츠 슈베르트(Franz Peter Schubert), 《즉흥곡(Impromptus)》, 《현악 4중주 14번 '죽음과 소녀'(String Quartet No. 14 'Death and the Maiden')》

- 요하네스 브람스(Johannes Brahms), 《피아노 4중주 1~3번(Piano Quartets No.1~3)》, 《현악 4중주 1~3번(String Quartets No. 1~3)》

06

"세상에 계획대로 되는 일은 없다.
결과를 계획하지 말고 행동을 계획해야 하는 까닭이다."

- Twitter

로스쿨 2학년 여름 방학을 앞두고 잡 인터뷰(job interview)가 시작됐다. 로스쿨은 3년 과정이지만 보통 2학년 여름 방학에 일했던 회사에 취업하는 게 관례로 되어 있어서 사실상 진로를 결정짓는 관문이었다. 스탠퍼드는 하버드 및 예일 로스쿨과 함께 로펌들이 채용 1순위로 꼽는 학교였다. 인터뷰 준비도 열심히 했기에 다행히 나는 10여 개 이상의 로펌으로부터 인턴십 제안을 받았다. 그리고 여름의 절반은 월스트리트의 가장 큰 M&A 로펌인 스카덴 알프스에서, 절반은 영국의 유서 깊은 로펌 프레시필즈의 홍콩 사무실에서 일하게 되었다.

로스쿨은 공부는 잘하는데 뭘 해야 할지 모르는 학생들이 가는 곳이라는 말이 있다. 내 경우 틀리지 않은 얘기였다. 나는 로펌에서 무엇을 기대해야 할지 몰랐다. 남의 밑에서 오래 일하지 않겠다는 의지만은 확고했다. 그러나 로펌은 내가 상상했던 곳이 아니었다. 주당 80~90시간의 업무량은 상관없었다. 다만 월스트리트의 권력구조 아래 결정은 투자금융은행이 내리고, 변호사는 그 결정과 집행을 돕는 심부름을 하는 이들로 느껴졌다. 나는 스물두셋의 어린 투자금융은행 애널리스트들로부터 계약서를 이렇게 저렇게 고치라는 지시를 들으면서 직업을 잘 못 정했다는 후회를 하기 시작했다.

3학년이 된 나는 투자금융은행으로 진로를 바꿨다. 로스쿨에서 투자금융은행에 취업하는 건 쉬운 일이 아니었다. 인문계 경력만 쌓으며 숫자와 담을 쌓고 살아온 내게는 더욱 힘든 도전이었다. 나는 비즈니스스쿨 친구들에게 과외를 받으며 기업을 분석하고 데이터를 작성하는 법을 독학했다. 그리고 유서 깊은 뉴욕의 리먼브라더스에 간신히 합격했다. 그러나 내 운명의 주재자가 될 것이라는 기대는 이곳에서도 깨지고 말았다. 투자금융은행도 결국 기업이나 펀드 같은 고객의 지시를 받고 움직이는 한 단계 윗등급의 에이전트에 불과했다. 나는 여기도 내가 오래 있을 곳이 아니라고 생각했다.

"오만함은 모두가 내 아래 있다는 착각이며, 자신감은 아무도 내 위에 없다는 믿음이다."

– 하비브 아칸데

당시 실리콘밸리에서는 '닷컴버블'이 절정을 향해 치닫고 있었다. 뉴스는 인터넷 기업을 세워 하루아침에 억만장자가 된 젊은 '영웅'들의 스토리로 가득했다. 일확천금은 내 목표가 아니었지만 자신의 운명을 스스로 개척하는 창업자의 사명은 나를 흥분시켰다. 나는 입사 1년 만에 큰 고민 없이 리먼브라더스를 그만두고 창업에 뛰어들었다. 몇 푼 안되는 퇴직금을 털어 로스쿨 룸메이트와 함께 온라인 건축 매니지먼트 솔루션을 제공하는 벤처를 구상하고 '스트럭시콘(Struxicon)'이라고 이름 지었다. 그리고 결혼한 지 8~9개월밖에 안 된 아내를 뉴욕에 남겨두고 캘리포니아로 넘어가 친구 집에 머무르며 사업 계획을 세웠다.

어떤 것도 계획대로 되지 않았다. 수많은 투자자들을 만났지만 투자 유치에 번번이 실패했다. 카드빚만 늘어났고, 아내는 생활비 마련을 위해 뉴욕의 갤러리에 취직했다. 서울에서 들려오는 소식도 좋지 않았다. IMF 금융 위기 속에서 부모님도 노후를 위한 투자를 모두 날리고 힘든 생활을 하고 계시다는 것이었다. 마음이 급했다. 그러나 어차피 계획이란 일의 시작을 위해 세우는 것에 불과했다. 시작한 후에는 어떤 일도 계획대로 풀리지 않는 법이다. 아무리 힘들어도 다시는 남의 밑에서 지시를 받으며 일하지 않겠다는 내 의지는 확고했다. 나는 흔들림 없이 창업을 밀어붙였다.

"실망은 시뻘건 쇳덩어리에 끼얹는 찬물처럼 영혼을 단단하게
만들되 부러뜨리지 않는다."

- Twitter

07

"창업자는 성공의 확신으로
실패의 공포를 압도하는 광기를 품어야 한다.
위험하지 않은 꿈은 꿔야 할 가치가 없다."

- Facebook

서른 둘. 나는 이미 사업에 두 번 실패했다. 《7막 7장》의 인세를 모조리 투자했던 재즈 클럽 카멜롯서울은 헐값에 새 주인에게 넘겨졌고, 인터넷 창업 열풍에 편승해 100억 원 이상의 투자를 유치했던 스트럭시콘은 자본금을 소진하고 파산했다. 회사를 망하게 하는 것은 큰 해악이다. 나만 궁핍해지는 게 아니라 가족의 삶을 궁지로 몰아넣으며, 나를 믿고 따라와준 직원들과 그들의 가족, 투자자와 채권자, 고객들에게 큰 피해를 입히고, 주변 모두를 실망시키는 잘못이다. 사업의 실패는 창업자가 평생 안고 가야 하는 십자가다.

그러나 한두 번 넘어졌다고 그만두는 모험은 도전이 아니라 도박이다. 가족과 함께 서울로 돌아온 나는 다시 위험한 모험에 나섰다. 언론사 헤럴드의 인수였다. 고등학교 시절 내가 인

턴으로 근무했던 헤럴드는 〈코리아헤럴드〉와 〈내외경제신문〉
을 발행하는 전통의 언론사였지만 50년간 적자를 기록해 자본
이 잠식된 부실 기업이었다. 시장에 오랫동안 매물로 나와 있
었지만 인수자가 마땅치 않았다. 따라서 낮은 가격에 살 수 있
었으나 나는 그 인수 자금마저 대부분 빌려야 했다. 실패의 공
포를 모르고 행하는 도전과 알고 행하는 도전은 무게가 다르
다. 헤럴드 인수의 이면에는 오판의 불안, 역량의 불신, 실패의
공포가 모두 도사리고 있었다.

"겁쟁이들은 시작도 못했고 약자들은 도중에 죽었다. 그래서
우리만 남았다." 나이키의 창업자 필 나이트가 자서전《슈독》
에 쓴 말이다. 내가 온 가족의 보증으로 돈을 빌려 부도에 직면
한 헤럴드를 인수하는 건 위험한 선택이었다. 그러나 쉬웠다면
나에게까지 기회가 왔을 리 없었다. 나는 이를 유학 결정 이후
내 삶의 두 번째 승부처라고 생각했다. 어차피 삶의 불확실성
을 피하는 길은 죽음뿐이었다. 불확실한 내일의 공포를 극복하
지 않고는 절대 내 삶의 주인이 될 수 없었다. 나는 약자가 될지
언정 겁쟁이가 되기는 싫었다.

인수 후 상상할 수 있는 모든 문제는 다 터졌다. 헤럴드 노동
조합은 새로운 사주에게 실망해 분규를 시작했고, 내 인수 자
금과 경영 방식을 문제 삼아 나를 검찰에 고발했다. 나는 비용
을 줄이기 위해 가능한 모든 수단과 방법을 동원했고, 부도를
막기 위해 은행문이 닳도록 쫓아가 빌어야 했다. 그러나 검찰

의 조사를 받으며, 노조의 공세를 감당하며, 은행을 내 집처럼 드나들면서도 헤럴드를 살리기 위해 최선을 다했다. 뜻을 같이 하는 임직원들과 함께 최소의 자본으로 신문을 혁신하고 새로운 사업에 도전했다.

알리바바의 창업자 마윈은 생존의 비결을 세 가지로 정의했다. "우리는 돈도 없었고, 기술도 없었고, 계획도 없었다." 때로 본능적인 두려움과 소심함을 극복하는 유일한 길은 고집스러운 자신감과 끈질김뿐이다. 내가 존경하는 경영자들의 삶은 이 같은 내면적 투쟁과 승리의 흔적으로 가득했다. 신념이란 보지 못한 것을 믿는 것이며, 신념에 대한 보상은 언젠가 믿는 것을 실제 보게 되는 것이라고 했다. 나는 희망의 지푸라기를 붙들고 안간힘을 썼다. 나와 가족과 회사의 모든 걸 걸고 한판 붙는 싸움이었다.

헤럴드가 2005년 흑자로 돌아설 때까지 3년간은 희미한 기억으로 남아 있다. 후일 좋은 동지가 된 노조 위원장과 언성을 높이며 싸우던 기억, 검찰 대기실에서 작은 창문을 바라보며 하염없이 기다리던 기억, 매일 밤 사무실에서 혼자 된장찌개를 시켜 먹던 기억, 집에 돌아와 아내와 딸을 보며 눈물을 참던 기억 등이 어렴풋이 남아 있을 뿐이다. 나는 승리를 맹신하는 광기로 작두 위에서 춤을 췄다. 그러나 부도 위기의 헤럴드가 14년 연속 흑자를 기록하며 1000억 원이 넘는 가치의 기업으로 성장할 것이라고는 상상하지 못했다.

"삶과 한판 제대로 붙을 것인가, 그저 구경만 하다 갈 것인가?"

- Twitter

08

"새로운 시작이란 필요한 일 하나를 시작하는 것이
아니라, 불필요한 일 하나를 정리하는 것이다."

- Instagram

"무슨 점심을 매일 한 시간 반씩 먹어요?"

헤럴드를 인수했을 때 점심 시간이 12시부터 1시 반까지라는
말을 듣고 나는 기겁을 했다. 미국이나 홍콩에서 일하며 그렇
게 규칙으로 정해진 '점심 시간'은 들어본 적이 없었다. 업무상
점심 약속이 있는 날이면 회사에 알렸고, 없는 날은 간단한 점
심을 사와 책상에서 먹으며 일하는 것이 일반적이었다. 더욱이
회사의 명운이 걸린 절체절명의 위기 속에서 모든 임직원이 매
일 밥을 먹느라 90분간 자리를 비운다는 것은 믿기 힘든 일이
었다. 그러나 노사간 단체협약으로 정해져 있어 고칠 수도 없
었다.

나는 고등학교 다닐 때 스톱워치를 앞에 두고 시간을 재며
밥을 먹었다. 꼭 그래야 했는지는 모르겠다. 리먼브라더스에서

근무할 때는 하루 15시간씩 주당 90시간을 일할 때도 많았다. 헤럴드 인수 후 기업을 되살릴 때까지 몇 년간은 하루의 휴일도 없이 일했다. 그런데 바쁘냐고 물어본 사람도 없고, 바쁘다고 해본 적도 없는 것 같다. 투잡을 뛰고, 산불을 끄고, 환자를 살리는 사람들에게 바쁘냐고 물어보면 힘들다는 답만 돌아온다. 정말 죽도록 바쁜 사람들은 바쁘다는 말을 쓰지 않는다.

실제 바쁘다는 사람들 중에는 매일 되풀이되는 일들로 정신없거나, 특별한 이유 없이 이사람 저사람 만나고 다니거나, 바쁘다고 해야 뭔가 있어 보이는 것처럼 착각하는 이들이 꽤 있다. 나는 바쁘다는 사람에게 왜 바쁘냐고 묻지 않는다. 평범한 일상을 늘어놓거나 없는 일까지 과장해 털어놓는 경우가 많기 때문이다. 심지어 팀 페리스는《타이탄의 도구들》에서 사람들이 바쁘다는 것은 "불평을 가장한 허세"이며 "존재의 가치를 확인하고 인생의 공허함을 숨기려는 수단"이라고 잘라 말한다.

사람들은 내가 항상 바쁘다고 생각한다. 실상은 그렇지 않다. 매일 회사에 붙어 있지도 않고, 꼭 필요한 경우 아니면 사람들과 만나지 않으며, 운동과 독서로 하루 몇 시간을 할애할 뿐이다. 가끔씩 솔직하지 못할 때도 있다. 안 바쁘다고 하면 만나자고 하거나 쓸데없는 자리에 불러내는 사람들이 있기 때문이다. 그러나 언제부터인가 싫다고 할 때 굳이 이유를 설명할 필요가 없다는 것을 깨달았다. 그냥 안 가겠다고 하면 됐다. 더는 남의 눈치를 보고 끌려다니며 시간을 낭비할 필요가 없었다.

나는 대기업 총수들도 그리 바쁘지 않다는 것을 안다. 하루 서너 시간이면 업무 보고와 지시를 끝내고도 남는다. 총수들이 그렇게 바빠서도 안 된다. 필요한 공부를 하고, 미래의 먹거리를 구상하며, 심신을 단련해 누구에게나 닥쳐올 위기에 대한 내공을 쌓는 게 기업의 미래를 위해 훨씬 중요하다. 대통령도 마찬가지다. 바쁜 리더는 우선 순위를 모르는 리더다. 중요한 일과 그렇지 않은 일을 구분하는 사색에 게으른 사람이다. 리더는 불필요한 일을 하느니 차라리 아무것도 안 하는 게 낫다.

　순자는 쓸데없는 말과 급하지 않은 일은 버려두라고 했다. 나는 변화가 필요하다는 생각이 들 때 꼭 무엇인가를 끊거나 버린다. 담배를, 골프를, 술자리를 끊거나, 책상을, 옷장을, 핸드폰을 비운다. 새로운 일을 시작하는 대신 필요 없는 일을 정리한다. 나는 비움의 힘을 믿는다. 시간과 사색과 행동의 여백에서 창의력과 추진력이 나온다고 확신한다. 사는 모양이 정신없다면 살아가는 방식을 바꿔야 한다. 단순함이란 삶의 여정에 꼭 필요한 짐만 들고 가는 것이라고 했다.

"정리는 쌓아두는 것이 아니라 버리는 것이다."

- Instagram

09

"독서, 운동, 사색…. 지성과 육체와 영혼을 가다듬는
최소한의 습관조차 없이 건강하고 가치 있는 삶만
탐내는 사람들이 참 많다."

- Twitter

"홍 회장은 총각 시절 어떤 여자를 좋아했어요?"

선배가 물었다.

"예쁜 여자지요."

남자는 눈으로, 여자는 귀로 사랑에 빠진다고 했다.

"싫어했던 여자는?"

"책 안 읽는 여자요."

"외모나 성격 같은 건?"

"무슨 운동 좋아하냐고 물어보면 '숨쉬기'라고 답하는 여자
요."

미국에는 남자를 만날 때 집의 TV가 책장보다 큰 사람은 만
나지 말라는 말이 있다. 나도 아침저녁 머리 다듬는 시간만큼
도 책을 안 읽는 사람들을 만나 실망했던 경험이 있다. 독서는

학력과 상관이 없다. 교육 잘 받은 사람과 학벌 좋은 사람은 전혀 다른 것이라는 페이팔의 창업자 피터 틸의 말처럼. 맹자는 "허기의 욕구는 채울 줄 알면서 무식의 허물은 벗을 줄 모르면 짐승됨과 사람됨의 차이가 없다"고 했다. 배고픈 줄 알면서 무식한 줄 모르면 사람도 아니라는 의미다. "우주에 가장 흔한 요소는 수소와 무식"이라는 말도 있다. 모든 정보가 인터넷에 다 올라와 있는 시대, 이제 무식은 숙명이 아니라 선택이다.

플라톤은 음악과 체육을, 아리스토텔레스는 읽기·쓰기·음악·체육을 철인 교육의 핵심이라고 했다. 운동은 단지 외모를 가꾸고 건강을 유지하기 위해 하는 것이 아니다. 초우트에서 매일 두 시간의 운동은 의무였다. 스포츠는 미국 사립 고등학교 교육의 핵심 요소다. 월스트리트에 있을 때도 우선순위로 채용하는 후보는 학력을 겸비한 운동선수들이었다. 꾸준함과 치열함, 공정의 스포츠맨십을 높이 평가하는 것이다. 나는 체육을 시간 낭비로 간주하는 몰이해가 우리 교육의 큰 문제라고 생각한다. 반대로 학문적 수양 없이 운동에만 몰두해 인성의 균형이 부족한 일부 선수들을 용인하는 것은 또 다른 문제일 것이다.

독서와 운동에 비하면 사색이 가장 어렵다. 아무도 사색이 무엇이고 어떻게 해야 하는지 가르쳐주지 않는다. 사색은 나를 돌아보는 것이다. 공자는 "책만 읽고 생각하지 않으면 고루해지고, 생각만 하고 책을 읽지 않으면 위태롭게 된다"고 했다.

책을 읽고 내 삶을 반추하며 자성하는 것, 신앙으로 내 부족함을 깨닫는 것, 명상으로 감정과 생각의 흐름을 다스리는 것, 자연의 위대함 앞에 유한한 삶의 의미를 헤아리는 것 – 이 모든 게 사색이다. 다만 사색은 어쩌다 한 번씩 하는 것이 아니다. "아홉 길 우물을 팠더라도 샘물이 솟을 때까지 파지 않으면 그 우물은 버린 것과 같다"는 말처럼 꾸준히 해야 한다.

책은 내가 꿔보지 못한 꿈과 가보지 못한 길과 누리지 못한 삶으로 가득하다. 한 달에 한 권도 읽지 않으면서 인생의 답을 어디서 찾을 수 있을까? 말년을 병상에서 보내고 싶은 사람은 없다. 그럼에도 매주 세 번, 한 시간도 나를 단련하는 데 쓰지 않는다. '잘못 살았다'는 후회로 인생을 끝내고 싶은 사람도 없다. 그러면서 하루 10분도 자신의 마음과 삶을 돌아보지 않는다. 노자는 "남을 아는 것이 지혜라면 나를 아는 것은 밝음이요, 남을 이김이 힘이라면 나를 이김은 강함"이라고 했다. 남이 마신 술에 취하지 않고 남이 먹은 밥에 배부르지 않다. 건강하고 가치 있는 삶은 거저 얻어지는 것이 아니다.

"깨어 있는 자에게는 기회가, 묻어가는 자에게는 후회가 예언 처럼 드러날 것이다."

- Twitter

10

"나의 말을 반으로 줄이는 절제와 남의 말을 끊지 않는
인내를 갖추면 실수가 없다."

- Twitter

헤럴드 발행인 시절 뛰어난 학자로 존경받는 교수님과 대담
을 했다. 나는 교수님의 명성과 지성에 누가 되지 않으려고 며
칠간 질문과 답변을 열심히 정리했다. 그러나 교수님은 내 첫
질문에 장장 30여 분간 답을 하셨다. 내 두 번째 질문 이후에는
아예 중단 없이 두 시간 넘는 강연을 이어가셨다. 나와 그 자리
에 함께 있었던 담당 부장이 사이사이에 끼어들려고 필사적인
노력을 했지만 소용없었다. 교수님은 며칠 뒤 아직 더 하실 말
씀이 있다고 두 번째 대담을 요청하셨다. 물론 교수님의 독백
을 듣는 건 한 번으로 족했다.

몇 년 새 재계 순위 30위권으로 도약한 기업의 회장과 점심
을 먹었다. 신흥 부자들과 몇 차례 불편한 만남을 가진 경험이
있어서 피해보려 했으나 새로운 광고주로 끌어오려면 어쩔 수

없었다. 음식이 나오기도 전에 시작된 그의 수다는 내 내공으로는 감당할 길이 없었다. 하고 싶은 자랑이 너무 많은 사람이었다. 민감한 사업과 사생활 얘기를 언론사 대표에게 그렇게 마구 쏟아내는 사람은 처음 봤다. 나는 여러 꼭지의 기사를 쓸 수 있는 정보를 얻었지만 그냥 묻어뒀다. 어차피 팩트인지 소설인지 확인할 길이 없었다.

국회의 청문회나 국정감사에서 의원들이 질의 시간을 독점하는 것은 흔한 일이다. 각본대로 자기 할 말만 하고 가끔씩 단답을 요구하는 질문을 던진다. 장관이나 증인이 길게 답하면 혼나기 일쑤다. 답변을 끊지 않는 경우는 우군이 답할 때뿐이다. 정치인 대부분은 사석에서도 대화를 독차지하기 십상이다. '정치는 말로 하는 것'이라고 하지만 말 없는 정치인을 기대하는 건 붕어빵에서 붕어를 찾는 것과 같다. 잘 들어주고 가끔 추임새를 넣어주면 "홍 회장 생각보다 참 사람 좋더라"라는 후일담을 듣게 된다.

나는 카카오톡 같은 메신저를 쓰지 않는다. 한 문장으로 써도 될 것을 대여섯 개로 나눠 보내는 이들이 피곤하다. 문자는 잘 정돈해서 보내는 사람도 메신저를 쓰면 구구절절 말이 많아진다. 왜 그런지 모르겠다. 트위터나 인스타그램도 너무 길어 '더 보기'를 열어 봐야 하는 글은 읽지 않는다. 어차피 트위터는 140자로 써야 하고 인스타그램은 글보다 사진을 보라고 있는 것 아닌가? 어쩌다 문자를 길게 쓸 때가 있다. 그럴 때는 보내고 난 뒤 후회한다. 더 간략하게 쓸 수 있었는데 왜 주절주절 썼는지 자책한다.

　말이 많아 좋을 건 하나도 없다. 가볍게 보이고 실수가 많아진다. 쏟아내고 나면 공허하고 듣는 사람은 피곤하다. 말은 돈과 같다. 덜 쓸수록 남는다. 나는 술버릇 있는 사람과 말 많은 사람은 될수록 피한다. 어떤 지위에 있건 개의치 않는다. 반면 남의 말을 끊는 것은 불가피할 때가 있다. 말을 그치지 않는 사람은 누군가 끊어줘야 한다. 결정된 사안에 대해 계속 왈가왈부하는 사람, 남의 험담이나 부정적인 이야기뿐인 사람, 허세와 허풍이 과한 사람도 잘라줘야 한다.

　"말을 많이 하거나 지나치게 걱정을 많이 하는 것이 가장 마음에 해롭다. 일이 없으면 고요히 앉아서 마음을 가라앉히고, 사람을 대할 때는 말을 가려서 간결하고 신중하게 하라."《격몽요결》의 가르침이다. 말이 많은 것과 말을 끊는 것은 남의 말을 들을 줄 모르는 것이다. 나도 내가 더 많은 말을 하거나 남의 말을 끊는 경우가 종종 있다. 말하며 배우는 신공을 가진 사람은 없다. 남의 말을 끊어 대우 받는 사람도 없다. 나의 말은 쓸데없으면 버리고 남의 말은 쓸데없어도 듣는 것 – 입을 닫고 귀를 열면 실수가 없다.

"열 마디를 한 마디로 줄여 말함이 능력이면 한 마디를 열 마디로 늘여 말함은 폭력이다."

- Facebook

11

"실패로 인한 아픔은 시간과 함께 흐려지지만
포기로 인한 후회는 날이 갈수록 선명해진다."

- Facebook

많은 이들은 내가 2008년 제18대 총선에 화려하게 영입된 줄
안다. 젊은 중앙 언론사 회장이었고 대중적 인지도도 높은 편
이었던 내가 공천에 대한 약속도 없이 출마했을 거라고는 대부
분 상상하지 못할 것이다. 그러나 나는 국회의원 출마를 결심
한 뒤 별 대책 없이 내가 태어나서 소년 시절을 보낸 동작구에
캠프를 차리고 선거운동을 시작했다. 머잖아 지역구 예비 후보
지지율 1위에 올라섰지만, 결국 공천은 지지율 4위의 후보에게
돌아갔다. 어떤 기준에 의해 후보가 결정됐는지 납득할 수 없
었지만, 결과를 뒤바꿀 수는 없었다.

동작구에서 떨어진 다음 날, 선거캠프를 맡아줬던 친구가 당
시 내 회사가 위치했던 중구에 다시 도전해보자는 제안을 했
다. 나는 중구 출마를 결정하고 신당동 부근에 선거 사무실을

물색했다. 그러나 내가 사무실을 찾기도 전에 지명도 높은 여성 의원이 중구 후보로 결정됐다. 두 번째 낙천이었다. 서울 지역 후보 선정이 사실상 마무리된 시점이었기에 나는 선거운동을 끝낼 수밖에 없었다. 두어 달간 나와 함께 뛰어준 선거운동원들과 자원봉사자들은 눈물을 흘리며 아쉬워했지만 막다른 골목이었다.

선거운동을 접고 주변을 정리하던 중 당에서 연락이 왔다. 공천심사 마지막 날이었다. 서울에서 유일하게 공천을 결정 못한 지역구인 노원구 상계동(노원병)에 출마할 생각이 있으면 그날 저녁 공천심사위원회에 출석해달라는 요청이었다. 아무 연고도 없는 생소한 지역이었다. 게다가 민주당 소속 현직 국회의장이 네 번 내리 당선됐고, 진보 정치의 거물인 고(故) 노회찬 후보의 당선이 확실시되던 곳이었다. 수십 년간 보수 정당 후보가 당선된 적 없었고 이번에도 가능성은 낮아 보였다.

나는 간단히 저녁을 먹고 당사로 향했다. 도착해보니 대기실에 다른 후보가 한 명 있었다. 보수 정당의 아성인 대구에 출마한 법조인이었다. 기막히게도 본인은 영문도 모른 채 당으로부터 나와 달라는 부탁을 받고 급히 나왔다는 것이었다. 두 달간 죽을힘을 다해 지지율 1위를 기록하고도 낙천돼 당선이 난망한 지역에 차출된 사람과 본인의 의지와 상관없이 깃발만 꽂으면 당선된다는 지역에 영입된 사람…. 마지막 공천을 기다리던 두 사람의 엇갈린 운명이었다. 다만 나는 누구의 도움도 못 받왔기에 누구에게도 빚이 없었다. 당선만 된다면 계파나 '보스'의 눈치 볼 필요 없이 내 뜻대로 일할 수 있었다.

공천심사가 시작되기 직전 공천심사위원장이 나를 불러 뜻밖의 조언을 했다. "마지막으로 노원병이 남았는데 와일드카드로 홍 후보를 써보자는 이야기가 나왔어요. 그런데 여기는 우리 당이 당선된 적이 없는 곳이에요. 홍 후보는 아까운 인재인데 이번에 출마하지 말고 4년 더 준비해 다음에 나오는 게 어때요?" 나는 주저 없이 답했다. "저는 반대하는 가족을 설득하고 어렵게 되살린 회사를 떠나 출마했습니다. 낙선이 두려워 출마를 포기한다면 평생 후회할 겁니다. 저는 후회가 실패보다 훨씬 더 두렵습니다."

어떻게 실패가 두렵지 않을 수 있는가? 피터 틸은 실패란 언제나 비극이며 엄청나게 과대 포장되고, 사람들은 실패로부터 많이 배우지도 못한다고 꼬집었다. 그럼에도 실패의 두려움을 무릅쓰고 도전을 감행하는 이유는 실패의 공포보다 가지 않은 길에 대한 후회가 더 두렵기 때문이다. 가장 큰 리스크는 아무 리스크도 택하지 않는 것이다. 파산이 두려워 사업을 접고, 낙선이 두려워 출마를 접고, 이별이 두려워 사랑을 접을 수는 없다. 자고로 포기가 성공의 어머니가 된 경우는 없다.

"실패의 공포를 모르고 행하는 무모함과 알면서 행하는 용감함, 도전의 무게가 다르다."

- Twitter

12

"현실과 이상의 조화란 '유한한 실망을 견뎌내며
무한한 희망을 간직하는 것'이다."

- Twitter

국회에는 근사한 체육관이 있었다. 운동을 좋아하는 나에게
는 가장 마음에 드는 혜택이었다. 나는 매일 서류가방과 함께
운동가방을 들고 국회로 출근했다. 그리고 아침 일찍 체육관을
찾아 한 시간가량 열심히 운동했다. 다만 국회에서 제공하는
체육복은 입기 불편해 내 트레이닝복을 입었다. 체육관에 들어
온 의원들은 그런 나를 보면 꼭 한마디씩 던졌다. "홍 의원 운
동 열심히 하네", "홍 의원 몸 좋다", "홍 의원은 옷부터 다르네"
등등. 나는 그게 다 칭찬인 줄 알았다. 그래서 간단히 답례하고
다시 운동에 전념했다.

한 달 남짓 지났을 때 보좌관이 내게 말을 건넸다. "운동은
지역구에서 하시는 게 어떻겠습니까?" 나는 "왜?"라고 되물었
다. 그는 머뭇거리다 답했다. "영감님들이 의원님은 국회 와서

일은 안 하고 몸만 만든다고 한답니다." 그러고 보니 열심히 운동하는 의원들을 본 적이 없었다. 대부분 설렁설렁 하다가 욕탕으로 직행했다. 밖에서는 잡아먹을 듯 싸워도 안에서는 농담과 덕담을 주고받으며 목욕을 즐겼다. 국회 체육관은 치열하게 운동하는 곳이 아니라 싸움을 쉬는 곳이라는 것도 몰랐던 나, 앞길이 순탄치 않겠다는 생각이 들었다.

외교통상통일위원으로서 국정감사를 치를 때였다. 외통위원들은 매년 외교통상부와 통일부 등 정부 부처 외에도 해외의 주요 대사관들을 돌며 감사를 진행했다. 출장을 좋아하는 내게는 흥분되는 경험이었다. 나는 첫해 일본, 중국, 인도를 돌아보는 아시아반에 지원했다. 당시 자타가 공인하는 여당의 최고실력자도 아시아반에 속해 있었다. 그분에 대한 이야기를 하도 많이 들어 1주일을 함께 보내기 부담스러운 느낌이 들었다. 반면 함께 가는 우리도 덩달아 좋은 대우를 받을 것 같다는 막연한 기대도 있었다.

첫 목적지인 도쿄에 도착하니 주일 대사관이 마련해준 버스가 나와 있었다. 나는 바로 올라타 편안한 좌석에 몸을 기댔다. 그런데 창밖을 보니 한 초선 의원이 두 개의 서류가방을 들고 버스 옆에 서 있었다. 그리고 실력자 의원이 버스에 올라타자 따라 올라탔다. 그 의원이 들고 있었던 가방 하나는 실력자 의원의 것이었다. 공자는《논어》에서 "벼슬을 얻지 못하면 얻으려 근심하고 얻으면 잃을까 근심한다. 잃을까 근심하는 자는 못하는 일이 없다"고 했다. 버스가 있다고 얼른 올라탄 내 앞길이 순탄치 않겠다는 생각이 들었다.

국회의원들은 매년 수백 권의 책을 쏟아낸다. 어떤 학교나 연구소보다 많은 양이다. 매년 내 의원실로도 수십 권의 책이 전해졌다. 첫해 나는 의원들이 보내주는 책들을 모두 읽어봐야 한다는 의무감을 가졌다. 책을 한 권 쓴다는 게 얼마나 힘들고 어려운지 아는데 대충이라도 읽어봐야 해줄 말이 있을 것 아닌가? 그런데 서너 권을 읽어보니 진짜 본인이 썼는지 궁금할 정도로 구성이 허술했다. 내용도 엇비슷했고, 재미도 없었다. 그 후 나는 의원들의 책을 받는 대로 책장에 쌓아뒀다.

국회의원들의 후원금 순위가 발표됐다. 나는 꼴찌는 아니었지만 최하위권에 속해 있었다. 초선 의원이니 그러려니 했지만, 그래도 최하위권은 면하고 싶어 보좌관에게 후원금을 좀 늘려볼 길이 없겠냐고 물었다. 그러자 "의원님도 책을 내시죠"라는 답이 돌아왔다. 책을 쓴 뒤 출판 기념회를 열면 후원금이 대폭 늘어난다고 했다. 생각해보니 나도 가까운 의원들의 책을 꽤 많이 구입해온 것 같았다. 의원들의 책은 읽으라고 쓰는 것이 아니라는 사실조차 몰랐던 나, 앞길이 순탄치 않겠다는 생각이 들었고, 결국 그랬다.

"올더스 헉슬리의 지적처럼 경험이란 내게 일어난 일이 아니라 내게 일어난 일에 대한 나의 대응. 세상에 거저 쌓이는 경험은 없다."

- Twitter

13

"오랜 세월 세력을 유지해온 이들에게는 겸양의 습관이
있고, 오랜 세월 부귀를 유지해온 이들에게는 근검의 버릇
이 있다. 권세는 교만에 녹슬고 재물은 낭비로 잃는다."

- Twitter

삶은 한 편의 아름답고 위대한 모험이다. 그러나 옥의 티는
가끔씩 꼴불견인 사람들도 감내하며 살아야 한다는 점이다. 꼴
불견은 보통 '척'하는 사람들 중에 많다. 힘 없는데 있는 척, 돈
없는데 가진 척, 무식한데 아는 척, 못났는데 잘난 척 등등. 그
러나 오랜 세월 권력과 재력을 유지해온 권세가들과 거부들이
라고 모두 겸허하고 향기로운 인격을 갖춘 것은 아니다. 돈과
힘을 물려받으며 실력과 인격은 물려받지 못하고, 자수성가를
했어도 겸손과 품격은 이루지 못한 이들이 많다. 역시 꼴불견
이다.

창업 못지않게 수성은 힘들다. 변화무쌍한 시대의 흐름 속에
서 기업을 이어가기 위해 새로운 먹거리를 찾아내야 하는 책임
은 엄청난 부담이다. 그걸로 모자라 늘 선대의 업적과 비교되

고, 부의 세습이라는 따가운 여론까지 견뎌내야 한다. 그럼에도 내가 아는 2~3세 기업인들 중에는 훌륭한 자격을 갖춘 사람들이 많다. 가진 것을 드러내지 않고, 남의 말에 귀 기울이며, 주변에 도움의 손길을 줄 줄 아는 준비된 경영자들이다. 수성을 위한 실력과 인격을 갖춘 이들이라고 볼 수 있다.

반면 혈관 속에 푸른색 피라도 흐르는 듯 쓸데없는 힘이 들어간 이들이 있다. 스스로 이룬 것도, 배운 것도 없으면서 부와 권위만 드러내려는 모자란 사람들은 10대 기업 총수들 중에도, 중견기업 후손들 중에도, 고만고만한 부동산과 주식 부자들 중에도 있다. 그런 이들을 보면 화가 치밀어 오른다. 그래서 망신을 주고 싶어진다. 헛소리를 하면 굳이 틀렸다고 지적하고, 어깨에 힘주면 자존심 삼키려다가 목에 걸려 죽은 사람은 없다고 쓴소리를 한다. 내 덕이 부족한 탓이다.

정치인들 중에는 자수성가한 사람들이 많은 편이다. 그러나 스스로 컸다고 모두 존경받을 만한 인격을 가진 것은 아니다. 겉으로는 대쪽 같은 소신을 보이면서 속은 가식과 위선으로 가득한 이들도 꽤 있다. 2008년 6월 제18대 국회가 시작되며 나는 쇠고기 국정조사 특위의 일원이 되었다. 내 첫 특위 활동이었다. 그런데 나라를 둘로 갈라 놓은 사태의 진상을 밝히기 위해서는 꼭 불러내야 하는 증인들이 있었다. 그들이 출석하지 않으면 특위는 아무 성과 없이 끝날 수밖에 없었다.

당시 원내 지휘를 맡았던 한 의원은 위원들에게 직을 걸고 증인들을 불러낼 테니 소신대로 일하라는 약속을 했다. 그가 증인들을 빼주는 데 동의한 걸 내가 알게 된 건 불과 몇 시간 후였다. 그는 직을 내놓기는커녕 사과조차 하지 않았다. 정치인의 조건은 "멋진 약속을 하고 이를 지키지 못한 더 멋진 이유를 대는 능력"이라는 말이 떠올랐다. 나는 그날 트위터에 이렇게 썼다.

"'윗사람에게서 싫었던 것으로 아랫사람을 부리지 말고 아랫사람에게서 싫었던 것으로 윗사람을 섬기지 말라.'《중용》절대 저런 선배가 되지 않으리라 다짐한 날."

나라고 단점과 오류가 없을 수 없다. 아니, 셀 수 없이 많고, 심지어 알면서도 못 고치는 잘못투성이다. 그러나 최소한 부끄러움을 안다. 그래서 한숨도 내쉬고, 머리도 싸매고, 이불킥도 한다. 세상을 담요처럼 뒤덮은 오만과 허영, 가식과 위선, 허세와 허풍을 용인해야 하는 건 분명 인생이 내게 던져준 큰 시련이 아닐 수 없다. 더욱 인자하고 성스러운 인격체로 진화하지 않는 한 나는 끊임없이 짜증내고 분노할 것이며, 꼴불견인 이들을 콕 집어 망신 주는 부덕한 사람으로 계속 살아갈 것 같다.

"(내가 신뢰하는 이들은) 인간 본연의 이기와 편견과 오류를
자인할 줄 아는 사람들. 자성 없는 오만한 지식과 능력은 멀리
하려 한다."

- Twitter

14

"칭찬을 흘려 듣기에 흔들림이 없고,
비판을 새겨 듣기에 어긋남이 없는 사람을
큰 그릇이라 한다. 이는 참으로 하기 힘든 일이다."

- Twitter

10여년 전 광우병 사태를 조사한 검찰 발표에 흥미로운 내용이 있었다. 전국적 시위에 불을 당긴 MBC 〈PD수첩〉의 작가가 나를 뒷조사했다는 대목이었다. 나와 일면식도 없는 그 작가는 "총선 결과에 대한 적개심을 풀 방법을 찾아 미친 듯이 홍정욱 뒷조사를 했다"며, "그런 인간은 자라나는 미래의 기둥들과 교육 백년지대계를 위해 서둘러 제거해야 한다는 게 내 생각이다"라고 했다고 한다. 또 광우병 사태를 일으킨 데 만족하냐고 묻는 지인에게 "만족 못 해. 홍정욱은 못 죽였잖아"라고 답했다. 의문의 1패다.

18대 총선에서 갑자기 등장한 내가 진보 진영의 상징인 고(故) 노회찬 후보를 꺾었으니 많은 이들이 분노와 상실감을 느낄 만했다. 선거 전후 인터넷에는 '홍정욱 바로 알기'라는 글이 널리

퍼졌는데 왜곡과 거짓의 구체성이 섬뜩할 정도였다. 이를 쓰고 퍼 나른 사람들을 모조리 고발했지만, 정작 쓴 사람은 도망가서 못 잡고 퍼 나른 사람들은 사과를 해서 모두 용서해줬다. 주로 진보신당 당원들이었지만 초등학생과 고등학생도 있었다. 그러나 그 글은 아직도 어딘가에 남아 있고 때가 되면 다시 떠돌 것이 분명하다.

연예인들을 제외하고 나처럼 일찍부터 언론과 투닥거려온 사람은 많지 않을 것 같다. 나는 하버드대학교를 졸업하면서 전공 부문 최우수논문상을 비롯해 몇 개의 영예를 받았다. 이것이 신문에 '하버드 수석 졸업'이라는 기사로 소개되며 전국이 떠들썩했던 일이 있었다. 수석 졸업은 사실이 아니었지만 나는 이를 부인하는 자료를 내려는 생각까지는 못 했다. 내 책인《7막 7장》에 팩트를 정확히 기술한 것으로 충분하다고 믿었다. 그러나 몇 개월 후 내 졸업과 수상에 대한 진실 공방이 벌어지며 나는 한바탕 홍역을 치러야 했다.

헤럴드를 인수하며 나는 다시 언론의 도마 위에 올랐다. 일부 매체를 중심으로 내 인수 방식과 경영 방침에 대한 의혹이 제기됐다. 결국 노조의 검찰 고발에서 내가 무혐의를 받고 회사가 흑자로 돌아서면서 공격은 사라졌다. 언론과의 애증 관계는 4년간의 국회 생활 내내 지속됐다. 나는 언론의 주목을 받는 편이었고 초선 중에서 가장 많은 언론 인터뷰를 한 사람들의 하나였다. 국회를 떠난 뒤에도 내 이름은 선거 때마다 언론에 오르내렸다. 그러나 나는 국회의원 임기를 마친 뒤 8년간 단 한 번도 언론 인터뷰를 하지 않았다.

다시 언론의 파상공세를 받게 된 건 딸의 마약 사건이 터졌을 때다. 비판받아 마땅한 일이었기에 나는 아버지로서 진심을 담아 사죄했다. 그럼에도 내 이름이 며칠간 실시간 검색어 1위에 오르고 관련 기사들이 차트를 휩쓸었다. 소셜 미디어를 중심으로 내 딸이 수백억 원에 달하는 마약을 밀수했다는 터무니없는 가짜뉴스까지 퍼졌다. 이 같은 상황은 딸의 검찰 조사와 재판이 진행될 때마다 되풀이됐다. 심지어 몇몇 국회의원들은 항소심까지 거쳐야 했던 내 딸의 판결이 '아빠 찬스'였다는 일방적인 공세를 펼쳤다. 그러나 나는 어떤 반박도 하지 않았다.

노자는 "길을 잘 가는 사람은 지나온 자국을 남기지 않고, 말을 잘 하는 사람은 트집 잡을 흠이 없다"고 했는데 늘 입방아에 오르내리는 걸 보면 나는 길을 잘 걷지도, 말을 잘 하지도 못하는 것 같다. 반면 아리스토텔레스는 "비판은 아무 말도 안 하고, 아무 일도 안 하고, 아무도 안 되어야 피할 수 있는 것"이라고 했다. 자신감은 사람들이 모두 나를 좋아할 것이라는 착각이 아니다. 누가 나를 안 좋아해도 개의치 않는 믿음이다. 어차피 군중은 흩어질 바람이요, 고독은 함께할 그림자다. 겸손함과 자신감을 잃지 않고 계속 맷집을 키우는 수밖에 없다.

"자존심이란 자신의 작음을 인정하는 자아의 큼이다."

- Twitter

15

"자신의 혀를 긍정과 축복이 아닌 부정과 저주의 도구로
쓰는 이들이 있다. 순간의 카타르시스를 맛본 후 남는 것
은 가벼워진 인격과 황폐해진 영혼뿐이거늘."

- Twitter

2009년의 마지막 날로 기억한다. 여야 협상이 무위로 끝나 여
당인 한나라당의 예산안 강행 처리가 예고된 날이었다. 종일
의원회관에서 대기하다가 본회의장에 입장해보니 소수 야당
인 민주노동당 의원 몇몇이 의장석 앞에서 반대 농성을 벌이고
있었다. 초선인 나는 막판 협상이 어떻게 진행되는지도 모른
채 하염없이 기다려야 했다. 그사이 시위하던 민노당 의원들의
수도 줄어 이정희 의원만이 홀로 농성을 벌이고 있었다. 아침 8
시부터 점심도 거르고 서 있었다고 했다. 밤이 깊어질 무렵 이
를 보다 못한 한나라당 의원 한두 명이 "좀 앉아서 쉬시라"며
이 의원을 자리로 이끌었다.

내 자리 바로 앞줄에 앉은 이 의원은 앉자마자 펑펑 울기 시
작했다. 그러자 여기저기서 쇼하지 말라는 비아냥이 터져나왔

다. 나 역시 평소 민노당과 이 의원의 극단적인 투쟁 방식에 대해 호감을 가졌던 것은 아니었다. 그러나 그 순간 몹시 당황했다. 내 코 앞에서 한 여성이 어깨를 들썩이며 세상 서럽게 통곡하고 있었기 때문이다. 그리고 하필 내가 가장 가까운 자리에 있었다. 나는 평소에도 여자가 울 때가 가장 두렵고 당혹스럽다. 어찌해야 할 바를 모르겠기 때문이다. 그때도 마찬가지로 '어떡하지?'란 당혹감에 솔직히 도망가고 싶다는 생각이 뇌리를 스쳤다.

그냥 앉아 있을 수는 없어서 주변을 둘러봤지만 티슈 따위가 있을 리 없었다. 평소 멋으로 자켓 주머니에 꼽고 다니던 흰 손수건이 떠올랐다. 그래서 자리에서 일어나 이 의원에게 다가갔다. 그리고 손수건을 건네며 "이 의원님 울지 마세요. 싸우려면 더 힘을 내셔야 합니다"라고 말을 건넸다. "됐어요"라는 답이 돌아올 것이란 내 우려와 달리 이 의원은 손수건을 받아들고 눈물을 닦기 시작했다. 뭐라고 더 위로하고 싶었지만 말이 떠오르질 않았다. 등을 두드려줄 수도 없고, 손을 잡아줄 수도 없고, 어정쩡한 자세로 지켜볼 수밖에 없었다.

다행히 이 의원은 곧 눈물을 그쳤다. 나는 인사를 건네고 다시 내 자리로 돌아가 앉았다. 후에 비서관으로부터 많은 의원들이 그때의 내 행동을 탐탁히 여기지 않았다는 말을 들었다. 혼자 착한 척하며 이 의원의 쇼에 의미만 부여했다는 것이다. 그러나 나는 이 의원이 쇼를 하고 있다는 느낌은 받지 못했다.

나와 생각은 다르지만 진심으로 침통해한다고 생각했다. 무엇보다도 그렇게 우는 여자를 그냥 지나칠 수는 없었다.

며칠 후 내 의원실로 잘 세탁한 손수건이 배달됐다. 내 마음이 고마웠다는 이 의원의 짧은 편지와 함께. 버렸을 거라 생각하고 잊었는데…, 그때 바로 손수건을 돌려받지 않길 잘했다는 생각이 들었다.

"긍정의 말 한마디가 비전의 불꽃을 지피고 역사의 활로를 뚫는다. 하루만 모두에게 칭찬을 건네보자. 하루만 누구도 비방하지 말아보자. 인생이, 세상이 바뀐다."

- Twitter

16

"예술은 창조, 기술은 응용, 경영은 생산이니 본질은 만듦이다. 정치는 논쟁과 정쟁과 투쟁이니 본질은 다툼이다."

- Twitter

국회의원 출마를 고심할 때 나는 국내 정치판에 대해 아는 게 별로 없었다. 답답해하던 친구가 저명한 정치 컨설턴트를 소개해줬다. 그분과 여의도에서 첫 만남을 가졌다.

"홍 회장님은 뭐와 싸우시려고 정치를 합니까?"

"네?"

"정치는 싸움인데 뭘 위해 싸우실 겁니까?"

"저는 싸우기 싫은데요."

"싸울 게 없는 사람은 정치하면 안 됩니다."

"그렇게 싸우는 정치와 싸우면 안 될까요?"

갑작스런 질문에 임기응변으로 답했지만 진심이었다. 나는 왜 정치가 싸움이어야 하는지, 왜 싸우고 싶은 사람들만 정치를 해야 하는지 납득할 수 없었다. 정치는 국민을 평안하게 하고 더 좋은 세상을 만들어 우리 아이들에게 물려주려는 것 아닌가? 그 과정에서 경쟁과 논쟁, 반발과 대치가 있을 수 있다. 자유를 위해, 평화를 위해, 정의를 위해 온몸을 던져야 할 때도 있을 것이다. 그러나 대부분의 경우 다름을 인정하고 접점을 찾아가야지, 전쟁이나 내란이 터진 것도 아닌데 왜 굳이 싸움이 정치의 본질이 되어야 하는가?

노원병 상계동에서 선거운동을 시작하자 진보신당은 내게 '강남에서 떨어진 낙하산'이라는 프레임을 씌우고 공세에 나섰다. 나는 강남에서 초등학교와 중학교를 다녔지만, 동작구에서 태어나 자랐고, 미국에서 돌아온 뒤 8년간 줄곧 종로구에서만 살았다. 그런 내가 왜 강남의 낙하산인지 납득이 안 됐지만 소모적인 싸움에 말려들고 싶지는 않았다. 그러나 치열한 네거티브 공세는 계속됐다. 온라인과 오프라인에서 그렇게 잘 싸우는 사람들은 처음 봤다. 컨설턴트의 말대로 살아 숨 쉬는 모든 순간을 투쟁으로 여기는 사람들 같았다.

당선 후 서너 개월 동안은 선거법 위반 소송에 휘말렸다. 대학시절 받은 상인 'Honorable Mention'이 영예상이냐 장려상이냐를 두고 진보신당 측과 공방을 펼쳤고, 벌금 80만 원을 선고받았다. 선거 결과에 아무 영향을 미치지 않는 소모적이고 무의미한 싸움이었다. 아직 국회의원 임기가 시작되기도 전인 2008년 4월, 미국산 쇠고기 수입 반대로 정국이 마비됐다. 나는 휴일에 내 아이들을 데리고 〈쿵푸팬더〉를 보러 극장에 갔다. 나를 알아본 사람들이 "당신 국회의원이지? 지금 만화 구경 다닐 때야!" 라고 외쳤다. 겁먹은 아이들이 그냥 집에 가자고 졸랐다. 나는 아이들과 함께 극장에서 나와 햄버거를 사서 집으로 돌아갔다.

선거 직후 당선인 연찬회가 열렸다. 나는 들뜬 마음으로 참석했다. 국회가 어떻게 문제를 해결하는지 들어볼 수 있는 기회라고 생각했다. 그러나 연사들은 억지스러운 진영 논리만 주입하려고 했다. 옛말에 하나만을 고집함을 미워하는 까닭은 하나만 치켜들다가 백을 버리게 되기 때문이라고 했거늘. 나는 답답한 마음에 강당을 나왔다. 다행히 밖에서 나와 비슷한 생각을 갖고 있던 의원들을 만날 수 있었다. 4년간 '쇄신파'로 불리며 싸우지 않는 국회를 만들기 위해 함께 노력했던 개혁성향 의원들과 처음 얼굴을 마주하는 순간이었다.

나를 포함해 싸우지 않는 국회를 만들겠다는 소수 의원들의 집념은 18대 국회에서 '국회 선진화법'이라는 결실을 맺게 되었다. 식물 국회가 될 것이라는 반발도 만만치 않았다. 그러나 나는 몸싸움이 난무하는 동물 국회는 18대와 함께 반드시 사라져야 한다는 신념을 갖고 있었다. 그리고 그 약속을 지키기 위해 제19대 총선 불출마까지 선언했다. 8년이 지난 지금, 국회의 몸싸움은 옛날 이야기가 되었다. 물론 정쟁이 중단된 것은 아니다. 그러나 멱살을 붙잡고, 몸을 날리고, 쇠사슬을 감아 매고, 망치로 문을 부수는 모습은 다시는 국회에서 볼 수 없을 것이라고 믿는다. 아니, 반드시 그렇게 돼야 한다.

"이상은 별과 같아 결코 손으로 잡을 수 없다. 다만 항해의 표
지로 삼고 좇음으로 목적지에 다다르는 것이다."

- Twitter

17

"체제의 자신감이 낮아질수록 검열의 강도는 높아진다.
표현의 자유를 침해하는 관(官)의 개입은 거의 예외 없이
악이다."

- Twitter

편집국장이 들어와 젊은 기자들이 거리에서 환호하고 있다
고 했다. 노무현 후보의 대통령 당선을 기뻐하는 환호였다. 경
영진의 분위기는 달랐다. 우리는 자유시장경제를 옹호하고 작
은 정부와 개인의 자유를 주창하는 보수적 논조의 언론사였다.
노 후보의 이념과는 차이가 있었다. 더욱이 노무현 캠프는 보
수 언론 개혁의 의지를 여러 차례 밝힌 바 있었다. 헤럴드는 돈
한 푼 없는 풍전등화의 언론사였다. 정부의 압박이 온다면 버
텨낼 힘이 없었다. 그러나 내 걱정은 기우였다. 참여정부 5년간
나는 정권의 직간접적 압박을 받아본 적이 없었다. 뜻대로 논
조를 펼칠 수 있었고 흑자로 돌아서는 성과까지 이뤘다.
　오히려 그 뒤의 보수정권은 달랐다. 물론 초선 의원이라는
다른 위치에서 느낀 편견일 수도 있다. 나는 국회의원 시절〈헤

럴드경제〉와 〈코리아헤럴드〉의 논조에 간섭하지 않았다. 헤럴
드의 대주주로서 경영 상태에 대한 정기적인 보고는 받았지만
편집에 관여하지 않았고 일부러 회사의 신문도 읽지 않았다.
그러나 헤럴드가 정부나 여당 정책에 대해 비판적인 기사를 쓸
때마다 당정청의 높은 곳에서 의원실로 연락이 왔다. 난감했지
만 내 정치적인 입지를 위해 신문의 편집에 간섭하고 싶은 생
각은 없었다. 알아보겠다고 답하고 명확한 오보가 아닌 이상
아예 회사에 연락하지 않았다.

간섭이 더욱 심했던 곳은 지방 자치 단체들이었다. 헤럴드는
No.1 영어신문인 〈코리아헤럴드〉를 발행했고 오랜 전통의 영
어 교육 사업을 운영했기에 지자체들의 영어마을 사업과 영문
홍보 사업을 자주 수주했다. 따라서 지자체의 수장이나 정책에
대해 비판적인 기사가 실릴 때마다 지자체로부터 연락이 왔고,
감사나 예산 등을 통해 회사를 길들이려 했다. 특히 서울 영어
마을은 턱없는 예산으로 기업 후원 없이는 운영이 불가능했고
간섭도 심했다. 애초 돈을 벌 기대도 안 했지만, 적절한 예산으
로 저소득층 아이들에게 좋은 교육을 제공하려는 생각조차 없
는 사람들이 왜 이 사업을 지속하는 건지 항상 의문이었다.

기업의 언론사 대응은 성격이 다르다. 민간 기업이 언론사에
홍보를 하는 이유는 오로지 자사의 이익을 위한 것이다. 이익
을 위해서는 브랜드와 제품의 선전은 물론, 기업의 가치와 운
영을 위협할 수 있는 보도로부터 자사를 보호해야 할 의무가

포함돼 있다. 이를 방어하는 것은 홍보팀의 의무이며, 기업의 요청을 받아들이거나 거절하는 건 언론사의 결정이다. 나는 헤럴드 재직 중에 기업에 대해 부정적인 기사를 실었다고 광고가 끊어지는 상황을 경험한 적이 없었다. 물론 기자들은 가차없이 쓸 것 다 쓰고, 사주인 나는 이해해달라고 머리를 조아려야 했던 경험은 있었지만.

구독료만으로 운영이 불가능한 언론사들이 광고주의 영향력으로부터 완전히 자유로울 수는 없다. 특정 기업을 마음먹고 '조지려' 한다면 그 기업의 광고를 기대해서는 안 될 것이다. 그러나 언론사도 다른 기업과 똑같이 인건비와 재료비를 지불하고 세금도 내야 한다. 따라서 언론의 공익적 본분과 회사의 현실적 운영 사이에서 적절한 균형을 찾는 건 언론 경영자의 가장 어려운 의무였다. 내 철학은 작은 싸움은 양보할 수 있되 큰 싸움은 물러섬 없이 붙는다는 것이었다. 헤럴드가 14년 연속 흑자를 기록하면서도 합리적이라는 평판을 유지할 수 있었음은 내가 자랑스럽게 여기는 부분이다.

"옛 말씀에 '남을 꾸짖는 것은 무겁게, 자신을 꾸짖는 것은 가볍게 하는 자를 소인이라 한다.'"

- Twitter

18

"예술은 인간이 신의 영역을 엿볼 수 있는
유일한 통로다."

- Twitter

너덧 살 때 어머니가 베토벤의 〈교향곡 9번〉 4악장을 처음
들려주셨다. 그 후 나는 매일 밤 그 곡을 틀어 달라고 어머니를
졸랐다고 한다. 나는 어릴 적부터 음악을 좋아했다. 그러나 악
기를 배우는 건 다른 문제였다. 손이 자유자재로 움직이지도,
머릿속에서 천상의 화음이 들리지도 않았다. 연습으로 어느 정
도 흉내는 냈지만 내가 천재일 가능성은 낮아 보였다. 남의 그
림을 따라 그리는 것도 좋아했다. 내가 봐도 비슷했고 상도 많
이 받았다. 하지만 창작은 평균이었다. 영감이 떠오르지 않았
고 구성도 엉성했다. 기술적 자질은 있지만 천재성은 없는 것
같았다. 예술가가 되어도 고만고만한 예술가가 되고 싶은 생각
은 없었다. 나는 그때부터 세상을 바꾼 예술가들에 대해 깊은
존경심을 갖게 됐다.

하버드대학교에 다닐 때 아르바이트로 2000달러 넘는 돈을 모았다. 내게는 무척 큰 돈이었다. 초현실주의에 푹 빠져 있던 나는 그 돈을 사진작가 만 레이의 〈Noire et Blanche(흑과 백)〉 프린트를 사는 데 몽땅 다 써버렸다. 장학금으로 겨우 학교를 다니는 주제에 무슨 배짱으로 그랬는지 지금 생각해도 이해할 수 없다. 더욱 이해할 수 없는 건 친구들과 집에서 잔뜩 술을 마시다가 이 작품에 감동한 여학생에게 사진을 줘버린 허세였다. 아침에 일어나 뼈저리게 후회했지만 이미 늦었고 그 여학생의 이름조차 기억나질 않았다. 나는 그때 미술품을 소장하지 않겠다고 다짐했다. 돈이 아까워서가 아니라 소유 뒤의 상실이 가슴 아팠다. 아름다움의 감동을 가슴에 품고 있는 것만으로 충분했다.

대학 시절 뉴욕 현대미술관(MoMA)에 가면 잭슨 폴록의 〈One: Number 31, 1950〉 앞에 하염없이 앉아 있었다. 우주에서 부유하는 듯한 쾌감과 절망감을 번갈아 느꼈다. 업타운의 프릭 컬렉션은 또 하나의 안식처였다. 사람들은 늘 렘브란트 앞에 모여 있었지만 나는 카라바지오의 어둠에서 내게 필요한 고요함을 찾았다. 베네치아로 출장을 갔을 때였다. 거리가 노을에 물들고 유람선 관광객들이 배로 돌아갔을 무렵, 나는 뒷골목을 거닐다가 풍자와 해학으로 가득한 그림을 발견했다. 오랜만에 갖고 싶은 마음이 들어 물어봤더니 페르난도 보테로의 작품이었다. 미술을 좀 안다고 생각했는데 처음 들어본 작가였다. 워

낙 비쌌기에 가지려는 욕심은 접어야 했지만 그를 알게 된 것만으로 행복했다.

나는 그림은 그리기 싫었고 수집에도 별 관심이 없었다. 그러나 미술에 대한 열정은 그대로였다. 그래서 2009년 겨울 아트데이를 설립했다. 디지털 분야에서 새로운 도전을 시도해야 했던 헤럴드가 큰 부담 없이 시작해볼 수 있는 사업이었다. 아트데이는 국내 최초로 전국 300여 개의 갤러리 전시 정보를 한곳에 담은 모바일 앱을 개발했다. 다만 수익 모델로는 충분하지 않았다. 그래서 국내 시장에서 큰 주목을 받지 못했던 온라인 경매에 집중했다. 그렇게 시작된 아트데이옥션은 몇 년 새 국내 최대의 온라인 미술품 경매로 발돋움했다. 그러나 대주주로서 내 가장 큰 즐거움은 경매가 시작되기 전 출품된 수작들을 여유롭게 관람하는 것이었다.

본의 아니게 나는 국내 미술계와 깊은 인연을 맺게 됐다. 국립중앙박물관회의 이사로서 10년 넘게 활동해왔고, 서울대학교 미술관의 운영위원직도 맡았었다. 헤럴드 사옥을 세우며 갤러리를 만드는 것도 잊지 않았고, 현대 조형예술의 거장 아니쉬 카푸어부터 중국 현대 미술의 아이콘 쩡판즈까지 세계적인 작가들을 만날 기회도 놓치지 않았다. 그러나 내게 미술의 생명은 참여도, 소유도, 만남도 아닌 향유다. 나는 어느 도시를 가든 미술관을 찾는 일정을 빼놓지 않는다. 명화를 보유하고 싶은 욕심도, 미술에 대해 더 공부하고 싶은 열의도 없다. 내 마음

속에 새겨진 감동으로 충분하다. 몸과 마음을 불태운 사랑도 결국 남는 것은 들끓었던 감정의 기억 아닌가? 인간에게 신의 위대함이 조금이라도 남아 있다면 그 증거는 예술뿐이다.

"(좋은 그림을 구분하는 방법은) 멋진 이성을 만났을 때와 같다. 시선을 멈추고, 마음을 흔들며, 뇌리를 맴도는. 물론 오판을 거듭해야 내공도 쌓인다."

- Twitter

19

"사람을 읽으려면《한비자》를,
사람을 이기려면《손자병법》을,
사람을 이끌려면《논어》를,
사람을 구하려면《성경》을 읽는다."

- Twitter

미국 동부 사립 고등학교의 인문 교과서는 대부분 고전이다.
일반 교육과 영재 교육의 결정적인 차이가 고전이라는 철학과
전통 때문이다. 그러나 고전은 필사적으로 영어를 배워야 했던
내게는 '고된 도전'이었다. 어렵고 길고 지루했다. 그런 고전을
자진해서 밑줄치며 읽게 된 건 국회의원 때였다. 국회가 돌아
가는 꼴을 보고 있자니 점점 탁해지는 마음과 영혼을 정화시킬
방법이 필요했다. 지식은 넘치나 지혜가 없고, 이념은 넘치나
철학이 없고, 목표는 있으나 방향이 없는 사회 – 나는 고전에서
길을 찾고 싶었다.

교보문고 광화문점에 책을 사러 갔다. 그런데 고전 몇 권을
사니 15만 원이 훌쩍 넘었다. 공자나 플라톤의 후손이 저작권
을 갖고 있는 것도 아닌데 왜 그렇게 비싼지 이해할 수 없었다.

《논어》만 해도 큼직한 활자체와 쓸데없는 그림, 여백을 넘어 공백에 가까운 구성으로 두꺼운 책을 만들어 3만 원이 넘는 가격에 팔고 있었다. 젊은이들이 읽고 싶어도 마음 편히 읽을 수가 없었다. 물론 도서관이 있다지만 번거롭게 도서관까지 가서 책을 빌리는 학생들은 그리 많지 않을 것이었다.

나는 누구나 쉽게 살 수 있는 저가 고전을 만들어야겠다고 결심했다. 최소한 돈이 없어서 고전을 못 읽는 젊은이는 없어야 한다고 생각했다. 목표는 최고의 번역본을 엄선해 시가의 10분의 1, 즉 3000원 이하의 가격에 보급하는 것이었다. 나는 즉시 비영리 사단법인을 설립하고 이름을 '올재'라고 지었다. 올재는 《계림유사》에 담긴 말로 '내일'의 순수한 우리말이다. 다만 낮은 가격과 기부의 목적을 위해 저작권은 무료로, 제작비는 기부금으로, 유통 비용은 교보문고가 감당하는 구도의 책을 출판하는 계획이 쉬울 리 없었다.

그러나 뜻밖에 많은 이들이 동참해줬다. 삼성, 현대자동차, SK 등이 통 큰 후원을 해줬고, 교보문고도 우리의 제안을 흔쾌히 수락했다. 무엇보다도 첫 출간의 하이라이트인 《한글논어》의 저작권을 저자 이을호 선생의 후손들이 무료로 사용할 수 있게 해줬다. 올재는 마침내 2011년 12월 《한글논어》, 플라톤의 《국가》, 아리스토텔레스의 《정치학》, 최치원의 《고운집》 등 올재 클래식스 4종을 출간했다. 각 5000부씩 발행해 4000부는 2900원에 판매하고, 1000부는 교도소, 고아원, 군부대 등에 기부하는 구조였다.

　출간 당일, 인터넷 판매는 한 시간 만에 매진됐고, 교보문고 광화문점에는 긴 줄이 이어져 모든 책이 하루 만에 동났다. 올재 클래식스 4종 세트와 낱권이 교보문고 베스트셀러 1~5위를 휩쓸었다. 우리 현대사에 《논어》가 베스트셀러 1위에 오른 적이 또 있었는지 궁금했다. 비록 비영리였지만 나 또한 내가 만든 제품이 매진되는 경험은 처음이었다. 더욱이 많이 파는 게 목적인 책이 아니라 세상의 구석을 밝히고 싶은 뜻을 담은 고전이었기에 기쁨은 훨씬 컸다. 올재는 그 후 지금까지 총 167권 84만 부를 발간했다.

　고전은 예로부터 지도층의 전유물이었다. 적성을 넘어 인성을, 지식을 넘어 지혜를, 학습을 넘어 사색을 강조하는 교육이었기 때문이다. 스티브 잡스는 인문학을 창의력의 원천으로 여겼고, 빌 게이츠도 자신을 키운 80퍼센트는 어릴 적 동네 도서관에서 읽은 고전들이라고 고백했다. 맹자는 "학문이란 놓아버린 마음을 찾는 것"이라고 했다. 우리는 역사를 모르기에 방향을 잃었고, 철학을 놓았기에 가치를 잊었다. 견디기 힘든 가벼움의 시대, 올재의 고전은 천 년의 지혜로 기본을 되찾으려는 소소한 노력이었다.

"돌이 옥을 감추면 산이 아름답고, 물이 진주를 품으면 강이 빛나듯, 사람이 기본을 갖추면 세상이 바로 선다."

- Twitter

즐겁게 읽은 고전 7권

- 한비(韓非),《한비자(韓非子)》
- 공자(孔子),《논어(論語)》
- 노자(老子),《도덕경(道德經)》
- 이이(李珥),《성학집요(聖學輯要)》
- 플라톤(Plato),《국가(Republic)》
- 단테 알리기에리(Dante Alighieri),《신곡(La Divina Commedia)》
- 헨리 데이비드 소로(Henry David Thoreau),《월든(Walden)》

20

"어려서는 말하는 법을 배우고, 늙어서는 침묵하는 법을 배운다. 성년은 말하고 싶을 때 침묵하고, 침묵하고 싶을 때 말하는 법을 배워야 한다."

- Twitter

2011년 봄, 여당인 한나라당은 정부가 추진하고 있던 한국과 유럽연합(EU) 간의 자유무역협정(FTA, Free Trade Agreement)을 국회에서 통과시켜야 했다. 외교와 무역의 중요성을 믿는 나로서는 반대할 이유가 없었고, 나아가 이를 반대하는 야당이 무책임하다고 생각했다. 다만 야당의 반대를 묵살하고 빨리 밀어붙일 필요는 없었다. 여론도 좋았고 시간도 많았기에 반대하는 이들과 협의를 거치며 명분을 쌓은 뒤에 통과시켜도 된다고 생각했다. 또 잘못된 번역 등 아직 고쳐야 할 부분도 많았다.

FTA 비준안은 국회 외교통상통일위원회 소위원회를 통과한 후 외통위 전체회의와 본회의 의결을 거쳐야 했다. 나는 여당 의원 넷, 야당 의원 둘로 구성된 소위 소속이었다. 그날은 비준안 토의가 있는 날이어서 나도 회의에 참석했다. 그런데 회의가 시작된 후 얼마 안 돼 갑자기 여당 소속 위원장이 FTA 비준안에 대한 표결을 강행하려 했다. 나를 포함해 여당 의원 4명 모두가 찬성하면 바로 의결되는 상황이었다. 당황한 야당 의원들은 소리를 지르고 자료를 던지며 저지하려 했다.

'다른 사람들은 연락을 받았나? 왜 나만 몰랐지?' 갑작스런 상황에 나도 당황했다. 나는 나만 빼고 국회가 돌아가는 듯한 콤플렉스에 시달렸다. 당이 돌아가는 상황에 큰 관심이 없었고 사람들과의 교류도 별로 없었기에 더욱 그랬다. 시험 시간을 착각한 수험생처럼 회의가 끝나 아무도 없는 회의장에 나 혼자 나타나는 꿈도 가끔 꿨다. 나는 '청와대가 빨리 처리하라고 했나 보다'라고 추측했다. 어차피 의결해야 하고 결국 의결될 사안이니 빨리 끝내고자 하는 생각이 이해는 됐다.

다만 갈 수 있다고 모두 길은 아니다. 정치에서 과정은 결과 못지않게 중요하다. 18대 국회는 반대편은 절대악이라는 '신념' 아래 제어 능력을 상실한 난장판이었다. 진절머리 나는 몸싸움을 여러 차례 지켜본 나는 폭력적인 의사 진행에 참여하지 않기로 결심했다. 그리고 2010년 12월에는 '물리력을 동원한 일방적인 의사 진행에 불참할 것이며, 동참할 경우 19대 총선에 불출마하겠다'는 비폭력 선언까지 주도했다. 비록 몸싸움은 없었지만 소위의 상황은 광의의 물리력을 동원한 기습적이고 일방적인 의사 진행임에는 틀림 없었다.

"비준안에 찬성하시면 기립해주십시오." 위원장이 외치고 자리에서 일어나자 여당 의원 두 명이 따라 일어섰다. 나는 내 자료들을 챙겨 자리에서 일어나며 "저는 기권입니다"라고 말했다. 위원회는 얼음물을 끼얹은 듯 조용해졌다. 속기사까지 모두 나를 바라봤다. 황당한 표정으로 나를 보던 위원장은 잠시 후 "홍 의원도 일어났으니 찬성한 걸로 하겠습니다"라고 했다. 야당 의원들은 "기권이라는데 왜 의결이냐, 부결이다"라며 저항했다. 나는 "저는 찬성이 아니라 기권입니다"라고 밝히고 소위를 나섰다. 내 기권으로 비준안은 부결됐다.

회의장 밖에서 기다리던 기자들이 큰 사고가 터졌음을 감지하고 "무슨 일이냐?"고 물으며 내게 달라붙었다. 나는 빠른 걸음으로 회의장을 벗어났다. 전화기가 울려댔다. 나는 전화기를 끄고 의원실을 향해 걸었다. 함께 걷던 보좌관도 아무 말이 없었다. 가만히 있었으면 속 편했겠지만, 후회는 없었다. 그 후 좁았던 국회 내 인간관계가 더 좁아진 듯했다. 모임에서 나를 부르는 경우도 드물었다. "아니다"라고 말하는 건 인기 대신 존경을 얻는 일이라고 한다. 내가 존경을 얻은 것 같지는 않았지만 인기를 잃은 건 확실했다.

"목표에 대한 동경, 가치에 대한 감격, 도전에 대한 열망…. 청
년은 청년다워야 한다."

- Twitter

21

"미혼모의 아들로 태어나 입양됐고, 대학을 중퇴했으며,
창업한 회사에서 쫓겨났고, 병마에 시달리면서도
그는 세상을 바꿨다. 오늘 나의 변명은 무엇인가?"

- Twitter

봄과 가을은 지역구 국회의원에게는 곤혹스런 시기였다. 국회 일이 고되서가 아니라 연일 이어지는 지역의 운동회, 친목회, 동창회 등에 얼굴을 내밀어야 했기 때문이다. 대회만 해도 대부분의 올림픽 종목과 민속 종목은 물론 닭싸움까지 있었다. 주말이면 하루 10여 개의 행사를 돌았다. 주민들과의 교류는 민원을 듣고 민심을 접할 수 있는 소중한 기회다. 그러나 이같은 행사는 대부분 소통은커녕 10분 남짓 머물며 악수를 나누고 축사 한마디 한 뒤 자리를 뜨는 일정이었다. 심지어 가는 곳마다 같은 사람들과 마주치는데 나는 지금까지도 그분들이 누구였고 왜 대회마다 계셨는지 잘 모르겠다.

나는 축사도 어색했다. 주인공인 선수들은 정렬해 서 있는데 의원이랍시고 단상에 앉아 있는 것이 불편했다. 또 비서관이

건네준 VIP 명단을 호명하고 인사말을 한 뒤 "화이팅!"이라고 주먹을 불끈 쥘 때마다 얼굴이 붉어졌다. 국회의원은 법을 만드는 사람이 아니라 행사를 도는 사람이라는 동료 의원의 한탄이 떠올랐다. 다만 모두 이를 당연한 의무로 여겼다. 다들 발가벗고 있으면 나도 벗어야 하는 압박을 느끼듯, 경쟁자들이 다 하니 나 또한 최소한의 방어를 위해 할 수밖에 없었다.

그해 가을도 나는 새벽에 일어나 보좌관과 함께 다양한 행사들을 돌고 있었다. 그 와중에 비서관으로부터 스티브 잡스가 세상을 떠났다는 소식을 접했다. 순간 가슴을 도려내는 듯한 상실감에 휩싸였다. 나는 차를 멈춰 세웠다. 차 속에는 에피톤 프로젝트의 음악이 흐르고 있었다. 만나본 적도 없고 내 존재를 알지도 못하는 사람의 죽음에 그토록 큰 충격을 받아본 건 처음이었다. 그는 내게 가슴의 소리를 따른다는 게 무엇인지를 가르쳐준 영웅이었다.

갑자기 그가 남긴 말 한마디가 뇌리를 스쳤다. "오늘이 삶의 마지막 날이라도 지금 하던 일을 계속할 것인가?" 국회의원직에 대한 고민은 이미 당선 직후 미국산 쇠고기 사태로 사회가 양분되고 국회가 공전하는 상황을 지켜보며 시작했었다. 그 후 끊임없는 정쟁과 반복되는 몸싸움 속에서 초선 의원의 미약한 날갯짓을 계속하며 내 고민은 더욱 깊어졌다. 비전으로 시작해 성과로 끝나는 경영과 달리 되는 일도 안 되는 일도 없는 곳, 국가와 국민 대신 당파와 지지층을 위해 일하는 곳에서 소명의 감동을 찾기는 힘들었다. 결국 그날 나는 잡스의 질문에 마침내 "아니다"라고 명확히 답할 수 있었다. 두 달 뒤 나는 제19대 총선 불출마를 선언했다. 그리고 이듬해 국회의원 생활에 종지부를 찍었다.

진정한 성공은 하고 싶은 일을 하는 삶이 아니라 하기 싫은 일을 안 해도 되는 삶이다. 불필요하고 무의미한 일을 안 해도 되는 삶, 즉 시간과 노력의 낭비가 없는 삶이다. 물론 누가 하고 싶은 일만 하며 살 수 있겠는가? 그러나 삶의 90퍼센트가 그칠 날 없는 싸움과 기다림, 의미 없는 행사와 목적 없는 모임으로 채워져 있다면 이는 재고할 가치가 없는 삶이었다. 부족한 나를 믿고 응원해준 상계동 주민들과 당원들이 끝까지 마음에 걸렸다. 그러나 맹자는 "벼슬을 하는 자는 직분을 다 못하면 떠나고, 꾸짖음을 맡은 자는 말이 안 통하면 떠나야 한다"고 했다. 나는 오로지 내 역량의 부족을 꾸짖으며 국회를 떠났다.

몇 년 후 어느 봄날, 나는 스티브 잡스를 떠올리며 내 페이스북에 짧은 글을 올렸다.

"때로 만나본 적도 없지만 그리운 사람들이 있다. 동시대를 살았음을 기쁨으로 여기며."

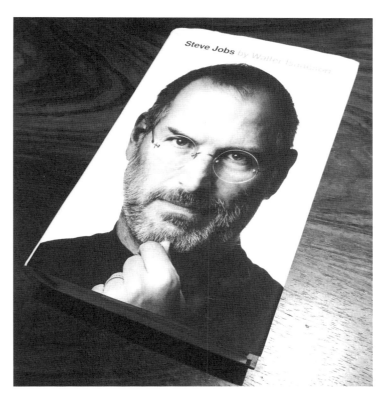

"문 앞의 한 줄기 길, 산자락 나서자 천 갈래 길이 되더라는 고
운(孤雲) 최치원. 천 갈래로 펼쳐질 삶의 길을 고민한다."

- Twitter

22

"나를 움직이는 건 남다른 상상과 도전으로 빚어낸
인재들의 자유로운 통찰이다."

- Instagram

2011년 봄 MBN 포럼에 초대돼 스티브 잡스와 함께 애플을
창업한 스티브 워즈니악과 대담을 나눴다. 세간의 평가처럼 따
스하고 겸손한 사람이었다. 함께 진행한 대담 내용은 잘 기억
나지 않는다. 내 가장 큰 관심사는 그의 친구인 스티브 잡스였
다. 대담이 끝난 뒤 나는 질문들을 쏟아냈다. 내가 좋아하는 가
수 밥 딜런에 대해서도 물었다. "잡스와 밥 딜런을 자주 들었
나?" 그는 "스티브는 아침부터 밤까지 밥 딜런만 틀어놓고 있
었다"고 답했다. 나는 집에 돌아와 저녁 내내 밥 딜런의 앨범
《Blood on the Tracks》를 듣고 또 들었다.

'우리 젊은이들이 세계적인 인사들을 직접 만나 영감을 얻을
기회를 만들 수는 없을까?' 워즈니악과의 만남 뒤에 아이디어
가 떠올랐다. 내가 관심을 가진 분야는 디자인이었다. 워즈니

악의 엔지니어링 없이 잡스의 창업이 성공할 수 없었듯, 잡스의 부활은 조너선 아이브의 디자인 없이 성공할 수 없었다. 디자인은 상상과 현실, 감성과 기능, 예술과 기술의 접점에서 제품과 서비스의 가치를 극대화하는 열쇠다. 나는 평소 기업과 제품의 영혼을 이해하는 디자이너들에게 애정과 존경을 갖고 있었다.

나는 헤럴드 대표에게 내 아이디어를 얘기했다. 새로운 사업을 찾고 있었던 경영진은 내 구상을 즉각 실행에 옮겨보기로 했다. 2020년으로 10주년을 맞이한 헤럴드디자인포럼은 그렇게 탄생됐다. 세계적인 산업, 환경, 패션 디자이너들과 건축가, 예술가들을 초대해 젊은이들을 위한 강연과 문답을 펼치는 이벤트로, 기부를 위한 마켓과 옥션 등도 함께 열었다. 다른 언론사 포럼과 달리 입장권의 기업 판매를 제한했고, 학생들이나 젊은 디자이너들은 무료 또는 대폭 할인된 가격에 입장할 수 있게 했다.

2011년 10월 나는 첫 헤럴드디자인포럼에서 세계 3대 자동차 디자이너로 불리며 BMW의 부활을 이끌었던 크리스 뱅글과 대담을 가졌다. 뱅글은 내게 물었다. "왜 이런 행사를 생각했지요?" 나는 답했다. "당신의 얘기를 들어보려면 자동차 회사를 사든지 이런 행사를 열어야 하는데 후자가 훨씬 쌉니다." 그는 나에게 자동차의 역사를 스케치한 그림을 선물했다. 상업적인 가치는 없었지만 나는 그것이 회사의 자산이라고 생각해 헤럴드를 떠날 때 남겨 두고 왔다. 못내 아쉽다.

내가 특히 관심을 가졌던 게스트는 건축가들이었다. 거장 렘 콜하스와 안도 다다오를 만날 수 있었던 것도 영광이지만, 친자연적인 건축에 대한 고민이 깊었던 반 시게루와 뉴욕 베슬의 설계자로서 천재성이 돋보였던 토머스 헤더윅은 내게 큰 울림을 줬다. 수줍다고 할 정도로 겸손했던 중국 현대 미술의 4대 천황 장샤오강, 비즈니스맨의 감각이 돋보였던 영국의 스타 디자이너 톰 딕슨도 기억에 남는 게스트들이다. 물론 성질이 고약한 디자이너들도 있었지만 그 정도는 내 고약함으로 얼마든 맞대응이 가능했다.

에즈라 파운드는 "천재는 남들이 하나를 볼 때 홀로 열을 보는 사람"이라고 했다. 헤럴드디자인포럼을 운영하며 남들이 하나를 보면 대여섯을 보는 탁월한 인재들과 열까지 보는 소수의 천재들을 만났다. 그들의 경험담을 들으며 디자인으로 바뀌갈 세상을 꿈꾸는 것은 소중하고 아름다운 사치였다. 헤럴드디자인포럼은 헤럴드를 매각하며 가장 큰 미련이 남는 사업 부문이었다.

"이제 디자인은 인류의 생존과 번영을 위한 획기적인 해법의
모색, 즉 예술과 과학이 도맡아온 역할을 나눠가져야 한다."

- Facebook

23

"나는 창업자다. 남의 유지를 받들 이유도, 남의 지시를
따를 생각도 없다. 스스로 개척하며 실패 속에서
성공을 일궈내는 것이 나의 소명이다."

- Instagram

영화를 보면 함께 살던 남녀가 헤어지며 책들을 나눠 갖느라
다투는 장면이 있다. 나는 그럴 일이 없다. 내 책장에는 고루한
고전과 전기, 경영 서적뿐이다. 2012년 봄, 책장에 꽂혀 있는 생
소한 책이 눈에 띄었다. 가와나 히데오의《진짜 채소는 그렇게
푸르지 않다》였다. 왜 내 책장에 있는지 알 수 없었지만 두 시
간 만에 다 읽어버렸다. 농약과 비료를 안 쓰고 식물 본래의 힘
만으로 농산물을 키우는 '자연재배'에 관한 내용이었다. 나는
신세계를 본 듯한 충격을 받았다. 그 책에는 인간과 자연 간의
균형을 회복하려는 신념과 열정이 담겨 있었다.

　나는 다른 책들도 찾아 읽기 시작했다. 마리아 로데일의《유
기농 선언》을 시작으로 존 라빈스의《음식혁명》과《100세 혁
명》, 제레미 리프킨의《육식의 종말》등 모두 음식을 통해 자

연과의 무너진 균형을 회복하려는 책들이었다. 또 내추럴푸드와 유기농 식품의 역사를 배우고, 앨 고어의 《불편한 진실》, 레이첼 카슨의 《침묵의 봄》 등 오래전에 읽었어야 할 환경 서적들도 읽었다. 다행히 국회를 떠나 경영에 복귀하기 전이었기에 여유가 많았다. 나는 오랜만에 공부에 심취했다.

그러나 내 호기심은 채워지지 않았다. 현장을 봐야 했다. 내친 김에 식재료의 천국으로 불리는 일본 홋카이도를 찾아갔다. 홋카이도는 각종 친환경 채소와 곡물은 물론 축산품과 유제품, 해산물을 모두 찾아볼 수 있는 비옥한 섬이었다. 도착하자마자 첫 방문지로 작은 친환경 농장을 보러갔다. 온라인 예약 판매를 통해 씨앗을 뿌리기도 전에 올해 농산물을 모두 판매한 농장이었다. 농장주는 나를 친절히 안내해줬다. 간단한 일본어밖에 못하는 나는 통역을 통해 그에게 물었다.

"어떻게 홍보를 하길래 수확하기도 전에 사람들이 다 사갑니까?"

"광고하는 식품은 먹으면 안 됩니다. 건강한 식품은 광고를 하지 않습니다."

"어떻게 재배하길래 그렇게 인기가 좋지요?"

"음식은 목숨을 걸고 만들어야 합니다. 실제 목숨이 걸려 있기 때문입니다."

'이 사람은 공자님인가?' 동문서답하는 것도, 비유로 핵심을 찌르는 것도 그랬다. 나는 신선한 재료로 빵과 케이크, 면과 술

등 가공 식품과 음료를 만드는 가게들을 찾아갔다. 오래전부터 인간과 지구의 건강을 지키는 방법이 자연에 있다는 철학을 실천하고 있는 사람들이었다. 마지막 일정으로 니세코 부근의 친환경 농장을 방문하고 도야호를 찾았을 때 나는 깨달았다. 대부분의 진리는 거짓말처럼 단순했다. 인류 치유의 답은 자연에 있었다. 그리고 그 진리를 실천하는 가장 중요한 방식은 음식이었다.

창업은 대부분 상품에 대한 아이디어에서 시작된다. 나는 상품에 대한 아이디어가 없었다. 오직 내 머리 속에는 인간과 자연이라는 가치뿐이었다. 그러나 가치 중심 기업도 적자 언론사를 되살린 치열한 경영과 접목하면 충분히 수익을 낼 수 있을 거라는 자신감이 있었다. 무엇보다도 단순히 돈을 벌기 위한 일이 아니라 인류와 지구의 미래에 도움이 될 수 있는 일을 찾았다는 기쁨이 나를 흥분시켰다. 내 가슴은 두근두근 뛰기 시작했다. 오랜만에 듣는 가슴의 소리였다. '인류 치유의 답은 자연에 있다'는 믿음 아래 건강과 환경을 위한 식품으로 세상을 바꾸는 기업, '올가니카'의 꿈이 잉태되는 순간이었다.

"꿈은 반드시 커야 한다. 꿈이 크든 작든 드는 품은 같기 때문
이다."

- Facebook

즐겁게 읽은 음식 책 7권

- 존 로빈스(John Robbins), 《음식혁명(The Food Revolution)》, (2011)

- 존 로빈스(John Robbins), 《100세 혁명(Healthy at 100: The Scientifically Proven Secrets of the World's Health)》, (2011)

- 제레미 리프킨(Jeremy Rifkin), 《육식의 종말(Beyond Beef)》, (2008)

- 댄 바버(Dan Barber), 《제3의 식탁(The Third Plate)》, (2016)

- 마이클 폴란(Michael Pollan), 《잡식동물의 딜레마(The Omnivore's Dilemma: a Natural History of Four Meals)》, (2008)

- 가와나 히데오(河名秀郎著), 《진짜 채소는 그렇게 푸르지 않다(ほんとの野菜は緑が薄い)》, (2012)

- 하워드 슐츠(Howard Schultz), 《온워드: 스타벅스 CEO 하워드 슐츠의 혁신과 도전(Onward: How Starbucks Fought for Its Life without Losing Its Soul)》, (2011)

24

"나는 어려울 게 없다는 사업은 손대지 않는다.
쉬웠다면 나에게까지 기회가 왔겠는가?"

- Facebook

삼청동 옆에는 팔판동이라는 고즈넉한 동네가 있다. 나는 2012년 가을, 팔판동 뒷골목에 주택 하나를 빌렸다. 그곳에 내추럴푸드를 연구하기 위한 공방을 세우고 헤럴드에코팜이라고 이름 지었다. 올가니카의 전신이었다. 공방으로 올라가는 계단에는 도예가인 아내가 만들어준 에코팜의 뮤즈상이 미소 짓고 있었다. '내추럴푸드'라는 단어조차 생소한 시절이었다. 당시 나는 삼청동의 사단법인 올재 사무실로 출근하고 있었다. 공방은 내 사무실에서 걸어서 5분도 되지 않는 거리에 있었다.

막상 공방을 차리고 창업팀을 꾸렸지만 어디서부터 무엇을 해야 할지는 막막했다. 언론사에서 신문을 만들고 국회에 들어가 법을 만들던 이들이 식품에 대해 아는 건 먹는 것뿐이었다. 게다가 공방의 원칙은 엄격했다. 신선하고 건강한 재료만을 사용하되, 가공과 가열 등 공정을 최소화하고, 인공 향과 색소 등 첨가물을 넣어서는 안 되며, 최대한 친환경과 식물성 재료를 사용해야 했다. 나는 기업의 영혼이 수익이 아닌 가치에 있음을 확신하고 있었다. 이런 기준을 충족하는 아이템을 고르기는 어려울 수밖에 없었다.

홍콩에서 펀드를 운용하는 후배에게 내 고민을 얘기했더니 그는 국내에 콜드 프레스로 만든 프리미엄 착즙 주스가 없다는 불평을 털어놨다. 실제 시장에는 가열해서 맛과 영양이 파괴된 주스밖에 없었고, 그나마 P사에서 초고압이라는 신기술을 도입해 만든 주스도 농축액을 많이 써서 신선함과는 거리가 멀었다. 나는 에코팜으로 돌아가 한국에서 머물던 미국인 셰프와 젊은 한국인 셰프를 채용했다. 그들은 좋은 유기농 재료를 수소문하기 위해 수십 곳의 농장을 돌았다. 이어 수백 가지의 주스를 만들기 시작했다.

많은 이들이 황당해했다. 다들 내게 중년의 위기가 너무 빨리 왔다는 눈치였다. 그러나 기업인은 냉소와 싸우며 목표를 지키는 사람이다. 몽상에 가까운 신념으로 목표를 수호하면 냉소는 절로 꼬리를 감추는 법이다. 우리는 10월 초 블루베리, 딸기, 감귤 주스에 히비스커스와 로젤을 섞은 국내 최초의 친환경 비가열 착즙주스 3종의 개발에 성공했다. 물 한 방울, 설탕 한 톨 안 넣고 농축액도 쓰지 않은 이 주스를 나는 '저스트주스'라고 이름짓고, 각각의 주스에는 내 세 아이들의 이름을 붙였다.

이어 우리는 이름도 생소한 클렌즈주스를 만들기 시작했다. 클렌즈주스는 단식과 디톡스의 효과를 위해 채소와 과일을 적절한 비율로 혼합한 하드코어 주스였다. 너무 강렬해 이를 시음한 직원들은 현기증과 구토를 일으켰다. 공방을 찾은 손님들에게 시음을 권하면 대부분 다시 돌아오지 않았다. 난 미국에서 마돈나 등 유명인의 프라이빗 셰프로 일하며 클렌즈주스를 전문적으로 만들어온 셰프를 급히 영입했다. 그녀와 함께 6종의 '저스트주스 클렌즈'를 개발했다. 국내 최초의 클렌즈주스였다.

그러나 판매는 저조했고 자본금도 금세 바닥났다. 나는 "창업자는 불가능하다고 생각되는 최소의 자원으로 불가능하다고 생각되는 최대의 성과를 만들어내는 사람"이란 존 도어의 말을 상기하며 하루하루를 버텼다. 어느 날 한 방송인이 다이어트 비결로 우리 클렌즈주스를 방송에 소개했다. 갑자기 몇 초 간격으로 전화벨이 울리기 시작했다. 쏟아지는 주문에 직원들은 밤을 새며 주스를 만들었지만, 고객들이 제품을 받아보려면 한 달을 기다려야 했다. 매출은 하루 아침에 수십 배로 뛰었다. 우리는 즉각 유통 기한을 확보한 초고압 클렌즈주스 개발에 착수했다. 가치가 기업으로 급격히 진화하고 있었다.

"창업자의 소명은 부를 지키고 늘리는 것이 아니다. 끊임없이 기업을 설립하고 인수하며 열 번의 실패 속에 한 번의 성공을 일궈내는 것이다."

- Facebook

25

"빠른 성장을 이어가는 길은
중요하지 않은 일과 쓸데없는 말을 버리고 가는 것.
급하지 않은 불은 타게 놔둔다."

- Instagram

나도 한때 골프를 즐겼다. 미국에 살 때는 두어 시간이면 넉넉히 라운딩을 끝내고 일과를 봤다. 그러나 헤럴드를 인수한 뒤 2003년부터는 골프를 끊었다. 한 번 나가면 차에서 왕복 서너 시간을 버리고, 비싼 돈 내고 앞뒤 눈치 보며 공을 치고, 끝난 뒤 밥 먹고 술 마시며 반나절을 다 쓰는 낭비였기 때문이다. 회사 걱정에 공이 제대로 맞고 밥이 제대로 넘어갈 리 없었다. 또 누구와 치고 누구와 안 친다면 금방 소문이 날 것이었다. 그래서 아예 골프 못 치는 사람이 되기로 했다. 골프를 안 침으로써 매년 30일 이상 시간을 아껴온 것 같다.

나는 술접대도 자주 안 했다. 영업을 위한 술자리가 불편했고 억지로 마신 다음 날은 늘 괴로웠다. 그래서 연말에 한 번씩 갖는 신문 광고주들과의 술자리도 모두 점심 식사로 대체했다.

광고주들은 오히려 이를 고맙게 생각했다. 최고위과정이나 기업인들의 네트워킹 모임에도 가지 않았다. 한두 번 가봤지만 어색하기만 했고 목적을 가진 친교가 불편했다. 그러나 골프와 술과 네트워킹 없이도 부도 상태의 언론사를 1000억 원 넘는 가치의 흑자 기업으로 세웠고, 매출 8000만 원의 식품 기업을 1000배 가까운 규모로 키웠다.

국회의원이 되기 전까지 헤럴드를 맡았던 5년간 나는 눈코 뜰 새 없이 일했다. 매일 대여섯 개의 회의를 주재했고, 수첩에는 당일 처리해야 할 일이 빼곡히 적혀 있었다. 크고 작은 일의 구분이 없었고, 임직원 채용부터 커피 종류의 선택까지 내 결정이 닿지 않는 곳이 없었다. 주말은 기다림의 시간이었다. 나는 월요일 아침마다 잠자리에서 벌떡 일어나 회사로 향했다. 절체절명의 위기에 놓인 회사였기에 하나부터 열까지 다 챙겨야 한다고 생각했다. 성공은 인간의 노력과 하늘의 축복이 만나는 곳에 있다지 않는가!

그러나 국회에서 돌아온 뒤에는 이같은 경영이 필요 없다고 생각했다. 나 없이도 잘 돌아간 기업을 뒤흔들 필요는 없었다. 헤럴드가 배라면 내 역할은 수면 아래에서 배를 침몰시킬 수 있는 암초를 찾아 제거하고, 수면 위에서 목적지를 정한 뒤 항해를 책임질 이들을 선택하며 조직의 문화를 만드는 것뿐이었다. 그러자 매일 대여섯 개의 회의가 매주 대여섯 개로 줄었고 독서와 사색의 시간이 주어졌다. "혁신은 천 가지 일에 아니라

고 말하는 것"이라는 스티브 잡스의 충고대로 일을 줄이자 성
장을 고민할 여유도 생겼다.

나는 세 개 이상의 우선순위는 우선순위가 아니라는 미니멀
리스트가 되었다. 올가니카를 중심으로 모든 임직원이 각자 가
장 중요한 세 가지 업무를 정하고 이에 매진하는 효율 경영을
시작했다. 나는 "너무 많은 사람들이 너무 많은 일을 하며 너무
작은 성과를 거둔다"는 인텔의 CEO 앤디 그로브의 말에 전적
으로 동감했다. 더 열심히 일하는 대신 더 똑똑히 일하는 것, 경
영의 성패는 해야 할 일보다 하지 말아야 할 일을 아는 것에 달
려 있었다. 100마리의 쥐로 배를 채울 필요는 없었다. 한 마리
사슴만 잡으면 됐다.

팀 페리스는 역사는 아르키메데스의 유레카, 뉴턴의 사과 등
여유로움 속에 떠오른 영감의 결과로 가득하다고 했다. 무엇
을 하고 무엇을 하지 말아야 하는지를 판단하는 것은 어렵지만
중요한 일이다. 어차피 우리가 되풀이하는 업무의 대부분은 별
볼일 없는 일들이다. 자꾸 뭘 시작하려 하지 말고 영혼 없이 지
속하는 일들을 남김없이 버려야 한다. 잡초를 걷어내야 약초가
보이고, 잔가지를 쳐줘야 나무가 드러난다. 음악을 만드는 것
은 음절과 음절 사이의 정적이라고 했다. 쉴 없이 이어지는 음
절은 소음일 뿐이다.

"해야 할 일보다 그만 해야 할 일의 리스트가 더 중요하다. 쓸
모없고 소모적인 일은 모조리 잘라내야 한다."

- Instagram

즐겁게 읽은 경영 책 7권

- 존 도어(John Doerr), 《OKR: 전설적인 벤처투자자가 구글에 전해준 성공 방식(Measure What Matters)》, (2019)

- 짐 콜린스(Jim Collins), 《좋은 기업을 넘어 위대한 기업으로 (Good to Great)》, (2002)

- 월터 아이작슨(Walter Isaacson), 《스티브 잡스(Steve Jobs)》, (2015)

- 피터 틸(Peter Thiel), 《제로 투 원(Zero to One)》, (2014)

- 팀 페리스(Tim Ferriss), 《타이탄의 도구들(Tools of Titans)》, (2017)

- 앤디 그로브(Andy Grove), 《편집광만이 살아남는다(Only the Paranoid Survive)》, (1998)

- 이나모리 가즈오(稻盛和夫), 《카르마 경영(生き方: 人間として一番大切なこと)》, (2005)

26

"사람들의 대화를 듣다 보면 '카리스마'만큼 오용되는
단어도 드물다. 카리스마란 강렬한 외모나 음성이 아니라,
칭찬에 현혹되지 않고 비난에 흔들리지 않는 굳건함이건만."

- Twitter

헤럴드를 경영하며 많은 정재계 리더들을 만났다. 빌 클린턴
전 미국 대통령이나 미래학자 앨빈 토플러처럼 짧은 인사만 나
눈 경우도 있지만, 대부분 대담이나 식사를 통해 대화를 나눌
기회를 가졌다. 세계적인 지도자의 자리에 오르려면 보통 사람
들의 상상을 초월하는 여론의 주목과 공격을 받아야 한다. 나
는 그들 모두 극한의 내공을 지니고 있을 것이라고 생각했다.
내 기대와 달리 모두 그렇지는 않았다.

지미 카터 전 미국 대통령과는 두 시간가량 대담을 나눴다.
'가장 무능한 대통령, 가장 훌륭한 전직 대통령'으로서 비판과
칭송의 대상이 된 리더, 카터 대통령은 온화한 미소와 가족에
대한 이야기로 5분 만에 대화의 벽을 허물었다. 그와의 차분한
대담은 완성된 인격과 세월을 초월한 열정을 목도할 수 있는
기회였다. 인터뷰 한 달 후, 나는 그로부터 편지를 받았다. 많은

국가 원수들을 만났지만 처음 받아 보는 감사 편지였다.

고(故) 김대중 전 대통령과의 만남은 동교동 자택에서 이뤄졌다. 김 대통령은 젊은 발행인과의 대담에 빼곡히 적은 몇 장의 메모를 들고 나오셨다. 작은 질문 하나에도 막힘이 없었다. 평생 공세에 시달리며 상상이 가능한 모든 질문에 대한 답이 준비돼 있는 듯했다. 가끔씩 이야기가 옆으로 빠져도 본론으로 돌아와 답을 마무리하셨다. 학문의 지식과 경험의 지혜가 어우러진 지성, 일생을 통해 연단한 철학이라는 느낌이었다.

나는 대학생 때 조지 소로스의 재단 '오픈 소사이어티'에서 인턴십을 했다. 당시 그를 직접 만날 기회는 없었다. 그러나 헤럴드 회장으로 대담을 위해 만난 그는 오랜 벗과 재회한 것처럼 반가워했다. 영국은행을 무릎 꿇리며 10억 달러의 수익을 올린 투기꾼, 동구권의 민주화를 지원한 진보자유주의자, 80억 달러의 자산을 인권 교육 운동에 기부한 자선가 등 그 또한 많은 공격과 찬사를 받아왔다. 그러나 그의 견고한 지성과 인격은 대담 내내 한 치의 동요가 없었다.

모든 리더들이 비판과 찬사에 흔들림 없는 것은 아니다. 까다로운 질문에 고압적이고 예민하게 반응하는 리더들도 있었다. 대기업 총수들과의 만남은 '오프 더 레코드'인 것이 상식이다. 정치적 풍파에 시달리니 이해할 만도 했다. 국내의 거물 정치인들은 내키지 않는 질문에 답하지 않거나 아예 질문을 빼달라고 하는 경우도 많았다. 그중 한 분과는 특히 유익한 대화가 어려웠다.

"정계를 은퇴하시면 무슨 일을 하고 싶으세요?"

겉도는 대화가 이어지던 와중에 내가 물었다.

"……."

침묵이 흘렀다. '한창인 정치인에게 은퇴를 얘기하는 게 금기인가?'라는 불안이 뇌리를 스쳤다.

"아직 하실 일이 많으시니 생각을 안 해보셨나 봅니다."

그때 그분이 답했다.

"전국의 오솔길을 다 걸어보고 싶어요."

그분은 예상치 못한 질문이 나오면 대부분 침묵으로 일관했다. 그리고 갑작스런 침묵은 모두를 불안하게 했다. 나는 이후 그분을 만날 때는 말을 줄였다. '카리스마적인' 리더로 손꼽히는 이들을 가까이서 지켜보며 나는 단어의 의미를 곱씹어봤다. 높은 지위에 있어 사람들의 편견이 작동하고 있는 상태에서 강렬하고 품위 있게 보이는 일은 어렵지 않다. 그러나 카리스마란 '잘난 사람'이나 '높은 사람'이 아닌 '큰 사람'이 뿜어내는 힘이다. 지식과 경험과 철학으로 무장해 칭찬과 비판에 흔들리지 않는 저력이라고 할까?

"장자왈, '주머니가 작으면 큰 물건을 담을 수 없고 두레박줄
이 짧으면 깊은 우물물을 길을 수 없다.'"

- Twitter

27

"경영자는 상대의 감정을 고려해 모두에게 잘하려 해서는
안 된다. 경영자는 늘 새로운 자극을 주는 사람이어야 한
다. 모두가 경영자와 같은 동기와 열정으로 일하지는
않기 때문이다."

- Twitter

경영자들 중에는 신년사나 인사말에 임직원을 가족이라 표
현하는 사람들이 있다. 친근함을 강조하고 애사심을 북돋으려
는 의도는 알겠지만 나는 손발이 오그라든다. 어떤 가족이 집
안 사정 어렵다고 식구를 구조조정하고, 어떤 가족이 부모형제
가 마음에 안 들고 돈을 더 준다고 새로운 가족을 찾아가는가?
회사는 가족이 아니다. 각자의 목적에 따라 모여 정해진 목표
를 향해 함께 나아가는 '팀'이라는 표현이 더 어울린다.

어떤 천재도 혼자 회사를 운영할 수는 없다. 인재는 위대한
기업의 출발점이다. 스티브 잡스는 똑똑한 직원을 뽑는 이유
는 "그들에게 무엇을 하라고 알려주기 위해 뽑는 것이 아니라
우리에게 무엇을 하라고 알려달라고 뽑는 것"이라고 했다. 심
지어 경영학의 구루 짐 콜린스는 "할 일을 정한 뒤 사람을 찾지

말고 인재를 구한 뒤 갈 길을 정하라"고 했다. 나도 경영의 중요한 요소는 'People(사람), Product(제품), Profit(수익)'의 순이라고 생각한다. 다만 경영자가 직원들과의 관계에서 꼭 기억하고 지켜야 할 세 가지 덕목이 있다.

"당신을 관리자로 만들어주는 건 직책이지만 당신이 리더인지를 결정하는 건 사람들이다."

– 빌 캠벨

나는 이제껏 새로운 사업을 검토하며 직원들로부터 긍정적인 답을 접한 적이 드물다. 직원들에게는 성공의 영광보다 실패의 공포가 훨씬 더 중요하다. 안 그랬다면 모두 창업자가 됐을 것이다. 따라서 기업의 도전은 대부분 경영자의 직감과 결단에서 비롯된다. 존 도어는 경영자는 두 가지, 즉 '결과의 중요성과 결과를 성취할 수 있다는 믿음'을 소통해야 한다고 했다. 따라서 경영자는 의문이 남아 있는 사업을 승인해서는 안 된다. 경영자의 사전에 '이럴 줄 알았다'라는 말은 없다. 경영자는 책임을 져야 한다.

직원들은 경영자의 매력과 능력 때문에 일하는 것이 아니다. 대부분은 더 좋은 대안을 찾지 못해 남아 있다. 그렇기에 직원들은 경영자의 크기를 성공이 아닌 예절로 판별한다. 《중용》은 "윗사람에게서 싫었던 것으로 아랫사람을 부리지 말고, 아랫

사람에게서 싫었던 것으로 윗사람을 섬기지 말라"고 했다. 칭찬은 후하되 과하지 않고, 비판은 엄하되 거세지 않아야 한다. 평가는 치밀하되 좀스럽지 않으며, 지침은 대범하되 소홀하지 않아야 한다. 경영자도 예절을 지켜야 한다는 것, 내 취약점인 동시에 자주 후회하고 반성하는 부분이다.

직원들 앞에서 기분 좋다고 긍정적인 결정을 내리고, 기분 나쁘다고 부정적인 결정을 내려서는 안 된다. 평정심을 되찾을 때까지 참아야 한다. 특히 주말의 고민과 사색을 일방적인 지시로 쏟아내는 월요일은 위험한 날이다. 직원의 말이 끝나기 전에 답하려는 유혹을 이겨내고 경청하는 것도 중요한 덕목이다. 또한 직원이 비전 없는 기업을 떠나야 하듯, 경영자도 열정 없는 직원은 보내줘야 한다. 얼어붙은 땅에 싹 틀 리 없고 말라버린 싹에 꽃 필 리 없다. 어려워도 서로를 위해 결정을 내려야 한다. 경영자는 냉철해야 한다.

헤럴드에서는 새로운 피를 수혈하기가 어려웠다. 나가는 직원들이 드물었기 때문이다. 반대로 올가니카에서 힘든 점은 직원들을 붙잡는 것이었다. 둘 다 내가 경영하는 흑자 기업이었는데 특성이 그렇게 다를 수가 없었다. 업계 관행 등 여러가지 이유를 댈 수 있겠지만, 결국 두 회사를 바라보는 내 다른 태도가 가장 큰 이유였다고 생각한다. 하나는 안정에 사활을 걸었고, 하나는 성장에 몰두했기 때문일 거다. 업무 강도와 조직 문화가 달라질 수밖에 없다. 다 리더인 내 역량이 부족한 탓이다.

"삶은 투쟁이다. 낮은 곳을 찾아나서는 정치도, 높은 곳을 향
해 오르는 경영도, 치열함의 끝은 없다."

- Twitter

<u>28</u>

"5년 후의 나를 결정하는 두 가지는
만나는 사람과 읽는 책.
이를 빼면 아무리 세월이 흘러도 같은 자리에 머문다."

- Twitter

국회의원 시절 기자로부터 지금 무슨 책을 읽고 있느냐는 질문을 받았다.

"《꼬마 니콜라》요."

"그게 어떤 책이에요?"

"딸 책장에서 꺼냈는데 꽤 재미있어요."

"하하. 뜻밖이시네요."

"왜, 다른 의원들은 어떤 책을 읽고 계신데요?"

"《난중일기》《목민심서》《국부론》등등이요."

"김 기자, 내 대답은 좀 빼주면 안 돼요?"

무슨 책이 내 인생에 가장 큰 영향을 줬냐고 묻는다면《성경》이나《논어》라고 답하고 싶지만 사실 평이한 책들이 더 많다. 미국으로 유학을 떠나는 데 결정적인 역할을 한 책은《존 F.

케네디》전기와 유학생들의 수기《무서운 아이들》이었다. 올가 니카 창업의 영감이 되어준 책은 가와나 히데오의《진짜 채소 는 그렇게 푸르지 않다》였다.

내가《음식혁명》을 읽게 된 것은 멋진 제목과 더불어 저자의 특이한 이력 때문이었다. 존 라빈스는 아이스크림 재벌 배스킨 라빈스 상속자의 인생을 거부하고 환경 운동에 뛰어든 사람이 다. 나는 이 책을 통해 자연과의 균형을 깨트린 생산과 소비, 즉 공업형 농업, 공장형 축산, 대규모 포획에 기반한 음식이 건강 과 환경에 어떤 위협을 가하고 있는지 깨닫게 되었다. 그리고 인류와 지구의 건강을 회복하는 길은 깨진 균형을 되찾는 데 있음을 믿게 되었다. 내가 육식을 끊고 채식을 시작한 것도 이 책의 영향이 컸다.

'경영은 어떻게 하는 것인가?'라는 어려운 질문의 답을 한 권 의 책에서 찾고 싶다면 나는 망설임 없이《OKR》을 권한다. 실 리콘밸리의 전설적인 벤처투자자 존 도어가 이론과 실전을 통 해 검증한 경영의 비결을 남김없이 공개한 책이다. 수많은 업 무 중 극소수의 우선순위를 정해 이에 전념하고 나머지는 과감 히 버리는 목표 성과 관리 체계…. 구글, 아마존 등이 기업 운영 의 지침으로 삼아온 주옥같은 이론이 담겨 있다. 나는 이 책을 읽고 올가니카의 경영 방식은 물론 내가 살아가는 방식까지 싹 바뀌었다.

나는 중국 고전을 즐겨 읽는다. 다만 사서삼경이 생각보다 큰 울림을 주지 못하고 인의예지의 담론처럼 느껴진 것은 내 지성과 인격이 모자랐기 때문일 것이다. 내게 가장 큰 감동을 준 철학서를 꼽으라면 《한비자》를 택한다. 난세의 정치 철학으로서 실용의 정신과 강력한 법치를 주장한 한비자. '나라가 잘 다스려지고 강성해지는 것은 법이 제대로 행해지는 데서 생겨난다'는 그의 생각이 민주주의의 현실에 딱 들어맞을 수는 없다. 그러나 의원 시절 나는 난제의 답을 찾기 위해 《한비자》를 읽고 또 읽었다.

앞서 내가 스티브 잡스를 어떻게 생각하는지 충분히 설명했다. 따라서 월터 아이작슨이 쓴 그의 전기 《스티브 잡스》가 나온다는 소식을 들었을 때 나는 생전 처음 예약 구매라는 것을 해봤다. 이 책이 나온 뒤 실리콘밸리에는 이상한 '전염병'이 퍼졌다. 즉 경영자들이 잡스의 천재성은 없으면서 그의 괴팍함만 흉내 내기 시작했다는 것이다. 나도 그 영향력 아래 있었기에 이해되는 부분이었다. 그러나 나는 지금도 현실의 벽에 부딪힐 때마다 이 책을 꺼내 읽는다. 그리고 한 번 더 세상을 바꾸는 꿈을 꾼다.

책을 읽는다고 모두 리더가 될 수는 없지만, 책을 읽지 않고 리더가 될 수는 없다고 한다. 나는 멈추는 순간 지식이 끊기고, 지혜가 마르며, 비전이 쇠하고, 인생이 기운다는 각오로 읽는다. 많은 사람들이 무거운 육체는 비울 줄 알면서 가벼운 영혼은 채울 줄 모른다. 行尸走肉(행시주육) − 배우지 않는 자는 걸어다니는 송장이요, 뛰어다니는 고깃덩이일 뿐이다.

“지식과 철학과 경험의 무장을 갖추고 늘 깨어 있길. 기회는
준비된 이에게 비처럼 쏟아진다.”

- Twitter

29

"내가 금연과 해독과 채식은 물론, 끊임없이 식습관의
변화를 시도하는 이유는 몸이 바뀔 때마다 삶이 바뀐다는
자연의 비밀을 알고 있기 때문이다."

- Facebook

어릴 적 아버지를 따라 도살장에 갔다. 내가 기억하는 건 숨
쉬기 힘들 정도의 악취와 물인지 오물인지 모르지만 질퍽거리
던 땅, 그리고 트럭에 실려 있던 돼지와 닭들이었다. 아버지는
내게 흥미로운 경험이 될 것이라 생각하셨던 것 같다. 그러나
내게는 참혹한 경험이었다. 그 후 나는 평생 돼지고기와 닭고
기를 싫어하게 됐으니 아버지의 선의가 나를 영원히 육식불구
자로 만든 셈이다. 아버지는 지금도 그 사실을 모르신다.

헤럴드 인수 초기 〈헤럴드경제〉 편집국에는 낮술, 소위 '석
양주'의 관습이 있었다. 데스크들이 석간 신문 제작을 끝내고
난 오후에 보신탕이나 오리고기를 곁들여 술을 즐기는 문화였
다. 어려웠던 시기 간부들과 친교를 쌓아야 했던 나는 기회가
있을 때마다 석양주 자리에 참석했다. 그러나 개고기는 손도

못 댔고 오리고기도 비위에 맞지 않아 곤혹스러웠다. 어차피 좋은 관습이 아니었기에 몇 년 후 나는 전사적으로 낮술을 금지했다.

국회의원 선거운동 기간에 상계동의 시장을 돌 때 상인들은 내게 돼지 머리나 족발 고기를 나눠 주셨다. 마음만 받고 싶었지만 어쩔 수 없이 받아 삼켜야 했다. 누가 장소를 골랐는지 모르겠지만 당선된 이후 첫 당원 회식을 보신탕 집에서 했던 걸로 기억한다. 내가 못 먹을 거라 여긴 당원들은 웃고 박수치며 내가 개수육 한 점을 먹는 모습을 지켜봤다. 난 용기를 내서 꿀꺽 삼켰지만 수육은 들어간 길로 곧장 튀어나왔다.

2013년 올가니카를 시작하며 나는 식문화와 식습관에 대한 책을 닥치는 대로 읽었다. 특히 《육식의 종말》 등을 감명 깊게 읽으며 채식에 대한 욕구를 느끼기 시작했고, 이듬해 봄 더는 '남의 살'을 먹지 않겠다는 결단을 내렸다. 쉽게는 아빠 엄마가 있는 동물은 안 먹겠다는 생각이었다. 건강과 환경, 생명의 존중이라는 가치를 생각하면 그리 어렵지 않은 결정이었다. 그러나 내 의지를 전해 듣고 아내는 기겁을 했다.

"좀 평범하게 살면 안 돼?"

"환경과 건강에 중요하다고…."

"아는데 대체 뭘 먹겠다는 거야, 사람 피곤하게."

"응, 다들 먹던 대로 먹어. 난 알아서 먹을게."

세상을 조금이라도 바꿔보려는 노력은 욕을 바가지로 먹기 마련이다. 채식을 시작한 첫 한 달간 가족은 물론 친구들과 비서들이 나보다 더 힘들어했다. 채식 메뉴가 없는 곳이 대부분이라 외식이나 약속 장소를 고르느라 생고생을 해야 했다. 할 수 없이 눈코입 없는 어패류나 갑각류는 먹어야 했다. 국내에서 사회 생활을 하며 온전한 베지테리언이 되기란 사실상 불가능했다. 육류만 안 먹는 페스코테리언이 한계였다.

몸이 바뀔 때마다 삶이 바뀐다. 육식을 끊은 지 6년, 나는 어느 때보다 건강하다. 충분한 단백질과 영양소를 섭취하고 있고, 내 몸은 넘치는 에너지와 스태미나를 제공해준다. 교통 수단보다 더 많은 온실가스를 내뿜는 육식을 끊음으로써 기후 변화 대응에 보탬이 되고, 매년 600억 마리 이상 도축되는 가축들을 몇 마리라도 살린다는 자부심도 갖는다. 채식은 건강과 환경, 생명을 위한 가장 강력하고 효과적인 실천이다.

"클린푸드로 세상을 바꾼다며 햄버거나 치킨으로 배를 채우는 모순이 싫어 시작한 채식. 그러나 체질과 습관은 물론, 동물과 환경과 세상을 바라보는 시각까지 바뀔 줄은 몰랐다."

- Instagram

채식의 종류

	육류	가금류	생선	달걀	우유
세미 Semi	✕				
페스코 Pesco	✕	✕			
락토오보 Lacto-Ovo	✕	✕	✕		
락토 Lacto	✕	✕	✕	✕	
오보 Ovo	✕	✕	✕		✕
비건 Vegan	✕	✕	✕	✕	✕
INDEX	육류	가금류	생선	달걀	우유

132

<u>30</u>

"한 글자라도 더 읽으려 했는가, 한 마디라도 더 들으려 했는가, 한 사람이라도 더 만나려 했는가?"

- Instagram

국회의원 3년차쯤이었다. 아침, 점심, 저녁으로 식사 약속이 잡혀 피곤했다. 왜 만나는지도 모르겠는 친목 모임이 대부분이었다. 나는 비서관에게 투덜대며 말을 건넸다.

"요즘 밥 먹자는 사람들이 너무 많네. 왜지?"

"춘추시대에는 반대파 제거에 앞서 꼭 식사에 초대했다고 합니다."

"누가 날 제거하려 한다는 거야?"

"중요한 인물일 때만 그렇습니다."

"……."

내 큰 단점은 사람들과 만나는 걸 즐기지 않는다는 것이다. 헤럴드를 경영할 때도 다르지 않았다. 한 번은 〈헤럴드경제〉 편집국장이 정계 중진과의 만남을 주선하려 했다.

"회장님과 저녁 식사 한 번 하자고 하십니다."

"그래요…. 그런데 점심 식사로 하면 안 될까요?"

"알겠습니다. 언제가 좋으십니까?"

"음, 그분도 바쁘실 텐데 티타임도 괜찮으면 그렇게 하고요."

"식사가 더 좋긴 하지만, 알겠습니다."

"아, 그런데 혹시 전화로 할 수 있는 대화면 그렇게 합시다."

대학 시절부터 모르는 사람들 있는 자리가 몹시 불편했다. 특히 학교나 학생들이 주최하는 큰 파티 같은 건 질색이어서 한 번도 가본 적이 없다. 월스트리트 시절에도 회사가 주최하는 리셉션이나 디너가 곤욕이었다. 내가 경영자로서 임직원에게 회식을 강요하지 않는 건 내가 싫었던 것을 남에게 가하지 말라는 가르침을 따르는 것뿐이다. 헤럴드를 경영할 때도 광고주들이나 취재원들과의 만남은 피하지 않았지만, 인맥을 쌓기 위한 친목이나 사교 모임에는 거의 가지 않았다.

만남을 불편해하는 것은 잘못된 줄 알면서 못 고치는 내 대표적인 약점이다. '신비주의'라는 사람들의 오해와 달리 나는 원래 숫기가 없고 사교성도 좋지 못하다. 잡담도 즐기지 않고 억지로 미소를 띠고 있으면 얼굴에 쥐가 날 것 같다. 그럼에도 인복은 많다. 힘들 때마다 도와주는 손길이 있었고, 모를 때마다 가르쳐주는 은인이 있었다. 그들이 없었으면 내가 거둔 성공의 절반도 불가능했을 것이다. 만일 내가 사람 만나는 걸 좋아했다면 얼마나 더 풍성한 삶을 살았을지, 상상만 할 뿐이다.

젊을 때는 "네"를, 나이 들면 "아니요"를 기본으로 삼으라고 한다. 청년은 기회를 놓치는 것을, 중년은 책임이 늘어나는 것을 주의하라는 뜻일 게다. 내 지인 중에는 하루 세 끼 중 하나만 약속이 비어도 불안하다는 사람이 있다. 그 정도는 아니더라도 만남으로 인생을 배운다는 건 틀림없는 진리다. 혼자서 이룰 수 있는 것 또한 아무것도 없다. 그래서 오늘은 오랜만에 모르는 사람들이 잔뜩 있는 저녁 모임에 나가기로 결심했다. 그리고 아까부터 "피할 수 없으면 즐겨라"라는 격언을 수십 번째 되뇌고 있는 중이다.

"사색으로 자아를, 만남으로 사람을, 여행으로 세상을 배운다.

배움은 죽어서야 멈춘다."

- Facebook

31

"리더십은 비전으로 시작해 성과로 완성하는 것.
리더십의 핵심은 '결정'이며 모든 궁극적 책임은
리더의 몫이다."

- Twitter

내가 인수했을 때 헤럴드는 대주주는 있었지만 주인은 없었던 회사였다. 50년간 거의 매년 적자를 지속하며 자금이 바닥났지만 사방에서 비용이 새고 있었다. 공이 있는 곳에 상이 따른다는 신상필벌의 원칙도 없었고, 임금 체계도 엉망이었다. 나는 지체 없이 비용을 줄이고 조직과 유통망에 칼을 댔다. 서두르는 감이 없지 않았지만 검증 안 된 젊은 사주였기에 단호한 면모를 보여줄 필요도 있었다. 사전에 준비함을 신중함이라 사후에 망설임을 우유부단함이라 했다. 나는 옳은 결정이든 틀린 결정이든 결단을 내리면 즉각 실행에 옮겼다. 큰 기업이 언제나 작은 기업을 이기지는 않지만, 빠른 기업은 반드시 느린 기업을 이긴다는 믿음이었다.

국회의원이 된 후 나는 정부와 국회를 장악한 청와대가 연일 정책을 속전속결로 밀어붙이는 모습을 목격했다. 국회는 해머질과 몸싸움이 난무하는 난장판이 됐고, 본회의 단상에서 야당 의원이 최루탄을 터뜨리는 사고까지 발생했다. 동네를 돌아다니면 싸움질 그만하라고 내게 소리치는 분들뿐이었다. 경영의 성과는 과정보다 중요하나 정치의 과정은 성과를 압도했다. 때로 '무엇을 하느냐'보다 '어떻게 하느냐'가 더 중요했다. 나는 제19대 총선 불출마를 선언하며 이렇게 썼다.

"벼슬을 하는 자는 직분을 다하지 못하면 떠나야 한다고도 했습니다…. 제 자신을 돌아보고 제 역량과 지혜를 발할 수 있는 영역에서 빠르게 아닌 바르게, 혼자 아닌 함께할 수 있는 기여의 길을 찾겠습니다."

경영자로 되돌아온 나는 올가니카의 성장을 위해 '빠르게'도 '바르게'도 아닌 '똑똑한' 리더십을 배워야 했다. 나는 직원들이 더 열심히 일하길 바라지 않았다. 꼭 필요한 일에만 집중해 더 큰 성과를 거두길 원했다. 지향점은 임직원 모두가 각자 세 가지 우선순위를 정하고 그것에 집중하는 효율 경영이었다. 물론 경영을 고민하다 보면 하고 싶은 일이 오만 가지 떠오른다. 그러나 나는 임직원들에게 내가 유혹을 못 참고 새로운 일을 시키면 "지금 하고 있는 세 가지 우선순위 중에서 무엇을 뺄까요?"라고 되묻게 했다. 목표가 없는 삶은 지도 없이 망망대해를 떠다니는 배와 같다. 뚜렷한 목표가 있는 자는 폭풍 속에서도 전진하고 없는 자는 순풍 속에서도 표류한다. 내 목표는 스마트한 경영이었다.

리더의 조건은 개인이 아닌 시대가 정한다. 시대는 때로 혁명가 또는 관리자를 요구하고, 때로 엘리트 또는 서민을 선호하며, 때로 젊은이 또는 원로를 필요로 한다. 경영도 마찬가지다. 회사가 처한 상황에 따라 빠르게 또는 바르게, 우직하게 또는 똑똑하게, 보수적으로 또는 공격적으로 회사를 이끌어야 한다. 그러나 한 사람이 모든 리더십을 갖추기는 불가능하다. 끊임없이 공부하며 진화하되, 카멜레온처럼 이 흉내 저 흉내를 내며 자리를 지키고 있어서는 안 된다. 내 개성과 역량이 시대정신과 경영 환경에 부합하면 직접 나서고, 그렇지 못하면 이에 적합한 리더를 선별해 일을 맡겨야 한다. 한비자는 "천하의 앞이 되려고 하지 않으므로 큰일을 할 우두머리가 된다"고 했다.

"바람처럼 빠르게 공격하고, 호수처럼 고요히 방어한다. 움직일 때 머뭇대면 놓치고, 머무를 때 꿈틀대면 잡히는 법. 경영이나 정치도 야생과 다르지 않다."

- Twitter

32

"잔혹한 길들이기 없이 사람을 태워주고,
사람과 수영하고, 사람과 셀카를 찍는 야생 동물은 없다."

- Instagram

한때 중국에 다녀오는 사람들은 꼭 보이차나 도자기를 사왔
다. 오만 가지 특산품이 있는데 왜 그랬는지 모르겠다. 내가 베
이징대학교에 다닐 때 어머니는 제발 차나 그릇은 그만 사오라
고 하셨다. 선물을 고민하다가 어머니가 샥스핀 스프를 좋아하
셨던 기억이 났다. 그래서 귀국 길에 시장에서 말린 상어 지느러
미 몇 개를 샀다. 지느러미만 잘린 채 죽어가는 상어가 매년 1억
마리에 달한다는 끔찍한 사실을 알게 된 건 그 후 10여 년 뒤의
일이다. 종일 헤엄쳐야 숨을 쉴 수 있는 상어는 지느러미가 잘리
면 바닷속에 가라앉아 질식사한다. 나는 남들에게 내 식습관을
강요하지 않지만 샥스핀 스프만큼은 절대 못 먹게 한다.

유방암으로 투병하시던 어머니를 위해 중국에서 가끔 한약
재를 보러 갔었다. 한 상점에서 내게 코뿔소 뿔과 호랑이 뼈를

권했다. 소위 서각과 호골이라는 약재였다. 상인은 내게 서각
은 옛 문헌에도 나온 약재로 쇠한 기력을 보충해주고 호골은
뼈를 튼튼하게 하며 정력에도 좋다고 했다. 나는 사양했다. 코
뿔소 뿔은 사람의 손발톱과 성분이 거의 같고, 호랑이 뼈가 정
력에 좋다는 건 아무 근거 없는 낭설이다. 코뿔소와 호랑이는
전 세계적으로 멸종 위기에 처해 있으며, 이를 포획하거나 유
통하는 건 국제법으로 철저히 금지돼 있다. 단 한 마리도 잡아
서는 안 되는 소중한 생명이다.

하와이의 카할라 호텔에는 꽤 넓은 인조 연못이 있다. 못 속
에는 대여섯 마리의 돌고래가 헤엄치고 있다. 방문객들은 사육
사의 안내에 따라 돌고래들과 함께 수영하거나 사진을 찍을 수
있다. 나는 내 아이들을 몇 차례 그곳에 데려갔다. 아이들은 처
음에는 신기해했으나 점차 돌고래들이 불쌍하다며 피했다. 돌
고래는 하루 평균 130킬로미터를 헤엄치며 대양을 누비는 동물
이다. 지능도 뛰어나고 사람들과 교감도 나눈다. 그런 아름다
운 동물을 못에 가둬두고 관광 상품으로 파는 행위에 동조했음
이 두고두고 후회된다. 훗날 〈더 코브: 슬픈 돌고래의 진실〉이
란 다큐멘터리를 본 나는 카할라의 경험을 더욱 후회했다.

인도네시아 발리에 처음 갔을 때 호텔 컨시어지는 발리의 관
광 상품인 코끼리 트레킹을 해보지 않겠냐는 제안을 했다. 코
끼리를 타고 발리의 자연 경관을 둘러보는 투어였다. 나는 그
자리에서 거절했다. 인도네시아와 태국 등지에서 코끼리 사육

을 위해 어떤 만행을 가하는지 알고 있었기 때문이다. 코끼리를 길들이기 위해 어린 코끼리를 어미로부터 떼어내 밧줄로 묶어둔다. 그리고 송곳으로 머리를 찌르고 육체적, 정신적 손상을 가하며 순종을 가르친다. 그 과정을 'the Crush(박살냄)'라고 부른다. 세계동물보건기구가 코끼리 트레킹을 최악의 관광 상품으로 선정한 이유다.

엘리자베스 콜버트는 퓰리처상 수장작《여섯 번째 대멸종》에 이렇게 썼다. "현재의 멸종은 색다른 원인을 가졌다. 소행성이나 대규모 화산 폭발이 아닌 하나의 잡초같은 종(種) 때문이다." 종의 멸종은 이전보다 1000배나 빠른 속도로 진행 중이다. 인간이라는 생각 없는 종 하나 때문에 지구를 함께 쓰는 모든 생물이 대멸종의 위기를 맞이하고 있다. 노벨생리의학상 수상자 파울 에를리히는 "지구에서 생물 한 종을 잃는 것은 비행기 날개에 달린 나사못을 뽑는 것과 같다"고 했다. 우리가 야생 동물을 포획하고, 혹사하고, 먹어 치우는 동안 지구는 걷잡을 수 없는 속도로 추락하고 있다.

<어스아워 2016>에 꼭 동참해주시길 부탁드립니다.

"생명은 오직 자유로울 때 가치가 있다."

- Instagram (@oljeclassics)

인상 깊었던 환경 다큐멘터리 7편

- 피셔 스티븐스(Fisher Stevens), 〈비포 더 플러드(Before the Flood)〉, (2016)

- 루이 시호요스(Louie Psihoyos), 〈멸종을 막아라(Racing Extinction)〉, (2015)

- 데이비스 구겐하임(Davis Guggenheim), 〈불편한 진실(An Inconvenient Truth)〉, (2006)

- 루이 시호요스(Louie Psihoyos), 〈더 코브: 슬픈 돌고래의 진실(The Cove)〉, (2009)

- 제프 올로우스키(Jeff Orlowski), 〈빙하를 따라서(Chasing Ice)〉, (2012)

- 제프 올로우스키(Jeff Orlowski), 〈산호초를 따라서(Chasing Coral)〉, (2017)

- 숀 몬손(Shaun Monson), 〈유니티(Unity)〉, (2015)

33

"'나중에'라고 외칠 때마다 생의 불꽃은 하나씩 꺼진다.
가장 슬픈 인생은 오류로 얼룩진 삶이 아니라
아무것도 시도하지 않은 삶이다."

- Instagram

초우트 로즈메리 홀에 다닐 때 '재즈의 역사'라는 선택 과목
을 들었다. 유일하게 숨쉴 수 있는 과목이었다. 비밥과 스윙에
서 쿨과 애시드까지 모든 장르를 두루 듣고 배웠다. 나는 초기
재즈가 좋았다. 장고 라인하트의 기타와 해리 제임스, 토미 도
시의 빅밴드가 마음에 들었다. 빌리 홀리데이의 보컬에도 흠뻑
빠졌다. 음악을 들을 때마다 30년대의 스픽이지나 40년대의 스
윙 클럽에 앉아 있는 공상에 빠져들었다. 나는 음악에 취해, 닫
혀 있는 학교 음악실에 몰래 들어가 재즈 드럼을 연습하고는
했다. 다만 선생님의 허락을 받지 않고 악기를 쓰다가 들킨 뒤
에는 졸업 때까지 음악실 출입이 금지됐다.

하버드대학교에 입학한 뒤 공황 상태에 빠졌을 때 재즈는 내
감정을 다스리는 약과도 같았다. 베이징대학교와 스탠퍼드대

학교에서 낮과 밤을 바꿔 시험공부를 할 때도 재즈는 가장 큰 위안이었다. 우울할 때는 늪 속으로 빠져드는 나를 건져내고, 흥분할 때는 내 들뜬 감정의 볼륨을 낮춰줬다. 내가 재즈 클럽의 오너라는 로망을 갖게 된 건 당연한 일이었다. 스물셋에《7막 7장》인세로 적지 않은 돈을 벌게 된 나는 이를 모조리 투자해 1995년 봄 청담동에 카멜롯서울이라는 라이브 재즈 클럽을 열었다. 베이징대학교 대학원을 그만두고 스탠퍼드대학교 로스쿨에 진학하기 전 몇 개월의 짬이 있을 때였다.

카멜롯서울은 사업으로서는 실패였다. 그러나 나는 세계적인 재즈 뮤지션들을 서울에 초청했고, 공연이 끝난 뒤 그들과 함께 밤새 술잔을 기울이며 음악을 얘기했다. 나는 왜 돈 많고 재능 없는 부자들이 예술가들을 가까이 하는지 알 수 있었다. 나도 그들 중 하나라는 기분 좋은 착각을 살 수 있기 때문이다. 모두가 퇴근한 뒤 문을 닫고 친구들과 함께 밤새도록 놀기도 했다. 초대받은 사람들도 뉴욕의 재즈 클럽에 와 있는 듯한 상상 속에 즐거워했다. 그러나 명색이 오너였기에 술자리가 끝난 뒤에는 빈 술병들을 보며 '저걸 어떻게 채워 넣어야 하나?'라는 고민에 휩싸이고는 했다.

나는 도쿄에 가면 하룻밤은 재즈 클럽인 블루 노트나 코튼 클럽에 꼭 들른다. 몇 년 전 가을에는 친구들과 전설적인 R&B 밴드 쿨 앤드 더 갱(Kool & the Gang)의 공연을 보러 갔다. 오리지널 멤버는 두어 명뿐이었지만 상관 없었다. 시작부터 가슴이

뛰더니 한두 곡을 듣고 나서는 도저히 앉아 있을 수 없었다. 그래서 일어나 춤을 추기 시작했다. 그러자 주변의 관객들도 따라 일어났다. 보통 일본인들은 앉아서 가볍게 몸을 흔들 뿐 일어나서 춤을 추는 경우는 드물었다. 그러나 그날만큼은 그들도 눈치 안 보고 신나게 즐기고 있었다.

결국 블루 노트는 단 한 명의 예외 없이 모두 일어나 춤을 추는 열광의 장이 됐다. 공연 후 옆자리에 있던 일본 여성 둘이 나에게 어디서 왔냐고 물어봤다. 내가 "한국에서 왔다"고 답하자 그들은 이렇게 즐겁게 노는 사람들은 처음 봤다며 물개 박수를 쳤다. 나라 망신인지 국위 선양인지 분간할 수 없었지만 개의치 않았다. 우리는 흥을 주체할 수 없어 다른 재즈 클럽으로 자리를 옮겨 밤을 이어갔다. 평생 가장 흥겨웠던 날의 하나였을 것이다.

나는 살면서 원 없이 치열하게 놀았다. 후회하냐고? "만일 내 삶을 다시 산다면 다음에는 더 많은 실수를 저지르리라"는 나딘 스테어의 말로 대신한다.

"10년 후의 내가 지금의 나를 본다면 어떤 조언을 할까? 분명한 일에 대한 후회가 아닌 안 한 일에 대한 후회일 것이다."

- Instagram (@oljeclassics)

가장 기억에 남는 재즈 7곡

- 마일스 데이비스(Miles Davis), ⟨It Never Entered My Mind⟩
- 존 콜트레인(John Coltrane), ⟨Slow Dance⟩
- 빌리 홀리데이(Billie Holiday), ⟨Blue Moon⟩
- 해리 제임스(Harry James), ⟨I've Heard That Song Before⟩
- 프랭크 시나트라(Frank Sinatra), ⟨The Way You Look Tonight⟩
- 조지 벤슨(George Benson), ⟨Breezin'⟩
- 사다오 와타나베(貞夫渡辺), ⟨Elis⟩

34

"풍요로운 삶이란 태어남에 소명이,
살아감에 사랑이, 떠나감에 감사가 있는 삶이다."

- Twitter

2007년쯤 새로 국립중앙박물관 관장으로 임명된 김홍남 관장께서 나와 다른 기업인 한 명을 점심에 초대하셨다. 그리고 식사를 끝마칠 무렵 담아 뒀던 말씀을 꺼내셨다. "기부는 습관이라 젊을 때 시작해야 나중에 더 큰 기부를 할 수 있어요. 두 분이 우리 박물관을 후원하는 젊은 기업인들의 모임을 만들어 주실 수 없을까요?"

이에 공감한 나는 평소 존경했던 선배 기업인을 회장으로 초빙하고, 소수의 2~3세 경영인과 벤처 기업인들을 창립 멤버로 '박물관의 젊은친구들', 즉 'YFM(Young Friends of the Museum)'을 발족했다. YFM은 초대 및 후임 회장들의 노력을 통해 100여 명의 정예 회원을 보유한 모임으로 성장했다. 회원들의 기부로 박물관에 정자도 짓고 유물도 구입하는 성과를 거뒀고, 나를 포함해 YFM 회원들이 박물관회 이사로 선임되면서 세대 교체도 이뤄지고 있다. 김 관장의 선견지명이 정확했던 것이다.

2019년 헤럴드를 떠나며 내가 챙겨온 유일한 기념품은 세계 자연기금(WWF, World Wide Fund for Nature)이 내게 준 팬더 인형이다. 앙증맞은 팬더의 발바닥에는 일련번호가 쓰여 있다. 마치 지구를 살리는 팀의 일원이 된 듯한 자부심을 준다. WWF와의 인연은 2012년으로 거슬러 올라간다. WWF 한국 본부의 장-폴 패덕 이사장이 올재 사무실로 찾아와 첫 대화를 나눴다.

나는 세계 최대의 환경 보전 기구로서 생태계 보호와 기후 변화 대응을 위해 노력해온 WWF에 깊은 관심을 갖게 됐다. 또 목표는 비슷하지만 다소 전투적인 그린피스에 비해 함께 세상을 바꾸자는 WWF의 철학이 마음에 들었다. 2015년 헤럴드와 올가니카는 WWF 한국 본부를 후원하는 파트너십을 맺고, 이듬해 국내 첫《생태 발자국 보고서》를 내놓았다. 2년 뒤 나는 WWF 한국 본부 이사회 참여 요청을 흔쾌히 수락했다. 내 목표는 기업인들을 영입해 후원을 늘리는 것이었다. 나는 곧 두 명의 여성 기업인을 영입했다.

초우트 로즈메리 홀은 내 인생의 문을 열어준 곳이다. 그만큼 초우트에 대한 내 애정은 각별하다. 따라서 이사직 제안을 받았을 때 나는 큰 영광으로 생각했다. 매년 네 차례나 이사회에 참석해야 했고 기부의 규모도 커야 할 것으로 예상했지만, 내가 누린 혜택을 조금이나마 되갚고 싶었다. 동시에 돈과 실력으로 무장한 중국 유학생들에 밀려 점차 줄어들고 있었던 한국 유학생들의 자리를 지켜주고 싶었다. 이를 위해 나는 한국 학생들의 우수성을 지속적으로 강조하고 실제 좋은 학생들을 영입하기 위해 노력해야 했다.

초우트 이사가 되는 건 나와 동문이 된 아이들을 자주 볼 수 있는 기회이기도 했다. 이사로서 다시 찾은 초우트는 근사했다. 학업의 압박과 고향의 향수 없이 바라보는 캠퍼스는 평화롭고 아름답기 그지 없었다. 더 많은 한국 학생들이 학비의 부담없이 이곳에서 공부할 수 있도록 노력해야겠다는 생각이 들었다.

해외와 국내를 오가고, 경영과 정치를 거친 경력 때문인지 내게는 이사회에 들어와 달라는 요청이 많다. 그러나 가슴 속에서 '하자!'라는 소리가 들리지 않으면 바로 거절한다. 나는 사회단체 이사회가 명예직이나 거수기 역할에 그쳐야 한다고 생각지 않는다. 책임과 권한이 분산된 만큼 기업보다 더욱 철저한 지원과 감시의 기능을 수행해야 한다고 믿는다. 더불어 사회단체 이사회의 가장 중요한 임무는 돈을 모아오는 것이다. 말로 천냥 빚 갚으려 하지 말고 직접 기부도 하고 후원금도 끌어와야 한다. 그것이 'paying it forward', 즉 감사의 표현이고 책임의 발로라고 생각한다.

"(착한 사람이란) 내가 남에게 베푼 은혜는 잊고, 남이 내게 베
푼 은혜는 잊지 않는 사람이다."

- Twitter

35

"인생은 하루하루가 값지고 위대한 여정.
물건 대신 간직할 순간을 모으시길."

- Instagram

고등학교 2학년 여름, 방학을 맞아 어머니와 '사랑의 유람선'을 탔다. 내 학비를 마련하느라 집안 형편은 어려웠지만 어머니는 2년 동안 서울도 못 가고 공부하는 나를 측은히 여기고 큰 선심을 쓰셨다. 어릴 적 〈사랑의 유람선(The Love Boat)〉이라는 미국 드라마에 푹 빠져 있었던 나는 꿈을 이룬 듯 행복했다. 그런데 며칠간 배멀미만 실컷 하고 푸에르토리코 해변에 잠시 정박했을 때였다. 나는 바닷가에 앉아 워크맨으로 음악을 듣고 있었다.

누가 내 어깨를 톡톡 두드렸다. "뭐 들어?" 갈색 머리 푸른 눈의 소녀였다. "시카고." 내가 답하자 그녀는 웃으며 말했다. "나도 시카고 좋아해!" 그 뒤로 우리는 배에서 마주칠 때마다 얘기를 나눴다. 어머니는 나와 그녀가 수영장에 앉아서 얘기를 나

누는 모습을 보시고는 흐뭇하게 웃으셨다. 초우트 로즈메리 홀에 돌아온 뒤 그녀의 편지를 받았다. 그 후로 연락이 끊겼지만, 지금도 그 소녀의 미소가 잊혀지질 않는다.

어릴 적 아버지를 따라 도쿄에 갔다. 외국 여행이 드물었던 시절, 생전 처음 밟아보는 외국 땅이었다. 떠나기 며칠 전부터 설레며 잠을 못 이뤘던 기억이 생생하다. 여행의 하이라이트는 도쿄 디즈니랜드였다. 그러나 나는 얼마나 흥분했던지 디즈니랜드를 한 시간 가량 돌아보고 극장에 들어서는 순간 맥없이 쓰러졌다. 그리고 응급차로 병원에 실려갔다. 감기에 과로였다. 나는 '좋아서 기절했다'는 말이 과장된 표현이 아님을 처음 깨달았다.

대학 시절 보스턴에서 친구들을 따라 전생을 볼 수 있다는 중국인 승려를 찾아갔다. 그에 의하면 사람은 세 번 태어날 수 있는데, 나는 처음 중국에서 농부로 태어나 내 소명을 모르고 살다가 죽었고, 두 번째는 이탈리아에서 궁중 쿠데타를 일으켜 처형됐다고 했다. 그는 이번이 마지막이니 소명을 다하라고 했지만 내 소명이 뭐냐는 질문에는 답하지 않았다. 나는 전생을 믿지 않았지만 내가 세계의 시민이었다는 이야기는 흥미로웠다.

이탈리아는 가장 오래 살았던 미국과 대학원 시절을 보낸 중국, 옆집처럼 드나든 일본을 제외하고 내가 가장 많이 다녀온 나라다. '이번에는 관광객처럼 굴지 말고 의연하자'라고 마음먹어도 매번 알면서 빠지는 함정이다. 로마와 밀라노, 피렌체와 베네치아의 무궁무진한 스토리와 이미지도 매력적이지만, 포르토피노의 바다와 투스카니의 하늘은 행복한 생각을 하고 싶을 때 가장 먼저 떠오르는 기억이다.

런던에서는 하루 열 군데나 돌며 수십 병의 주스를 마셔야 했고, 파리의 세련됨은 프로방스의 아름다움에 미치지 못했다. 헬싱키 아침의 정갈한 고독, 매서운 바람이 불던 프라하, 시공을 초월한 이스탄불의 낭만을 잊을 수 없다. 상트페테르부르크와 비엔나를 다녀오곤 박물관 과잉으로 한동안 미술에 대한 관심을 잃기도 했다. 그리스의 섬들을 돌며 생고생을 하고, 메마른 베를린에서 떠날 날만 기다렸던 기억도 있다.

평안한 안식처 파말리칸 섬과 영원히 머물고 싶었던 발리, 그러나 호찌민과 자카르타, 방콕과 마닐라는 지나치는 곳이었다. 광활한 몽골의 초원, 사람들에 치였던 타이완과 캄보디아, 앞으로 여러 번 가야겠지만 갈 때마다 망설여질 인도도 있다. 중남미의 보석 도미니카와 바하마, 세상을 잊고 살았던 안티가의 추억도 또렷하다. 출장으로 가야 했던 멕시코는 아쉽게도 황량한 시멘트 공장과 잿빛 하늘의 인상만 남아 있다.

나는 물건에 관심이 없다. 미술을 좋아하지만 작품을 모을 생각은 없다. 음악 스트리밍을 이용하면서 수천 장의 CD를 모두 줘버렸고, 책도 매년 절반 이상 기부하거나 버린다. 자동차나 시계 따위에는 아예 무관심하다. 반면 나는 순간을 모은다. 그 순간들은 다시 돌아오지 않을 사랑과 우정, 기쁨과 슬픔, 감탄과 실의, 함께와 홀로의 감상으로 가득하다. 모든 여정에는 여행자가 모르는 비밀스런 목적지가 감춰져 있다고 했다.

코로나로 여행이 어려웠던 올해, 비록 새로운 목적지를 발견하는 기쁨은 없었지만 상상과 명상으로 평생 못 가본 마음의 구석구석을 돌아보며 작은 위안을 찾는다.

"견문의 자극이란 무한한 것. 많이 보고 배울수록 하고 싶은
일과 해야 할 일도 늘어만 간다."

- Twitter

36

"겸손은 내 역량의 한계에 대한 냉철한 자각.
말투와 자세의 인위적 꾸밈이 아니라 부족함에 대한
안타까움과 부끄러움이 절로 드러나는 것이다."

- Twitter

초우트 로즈메리 홀 캠퍼스에 가랑비가 내리고 있었다. 이사회를 마치고 숙소까지 걸어가려던 참에 이사회 동료인 알렉스가 물었다. "라이언, 숙소까지 데려다 줄까?" 나는 고맙다고 답하고 그녀의 차에 올라탔다. 알렉스는 렌트한 차를 직접 운전하고 있었다. 그녀는 미국에서 월마트의 월튼가문 다음으로 부유한 M가문의 상속녀다. M가문은 세계인이 즐겨먹는 초콜릿을 만드는 연매출 40조 원의 제과 재벌이다. 초우트 이사회는 알렉스 외에도 언론의 헤드라인을 장식하는 인물들로 가득하다. 나는 가끔씩 내가 왜 이 이사회에 끼어 있는지 궁금하다. 그러나 그들의 꾸밈없는 말투와 성실한 열정, 소탈한 겉모습에서는 부와 권력의 규모를 전혀 가늠할 수 없다. 대부분 공항에서 렌트한 자동차를 직접 몰고와 이사회에 참석하고 인근의 허름

한 호텔에서 하룻밤을 보낸다.

마하티르 빈 모하맛 전 말레이시아 총리는 만나고 싶었던 지도자였다. 정치가이기 이전에 지식인으로서 말레이시아뿐만 아니라 동남아시아가 가야 할 길을 제시해온 인물이었기 때문이다. 나는 마하티르 전 총리가 내한한다는 소식을 듣고 헤럴드 편집국의 도움을 받아 대담을 성사시켰다. 묵고 있던 호텔 방에서 만난 그는 내게 말레이시아가 처한 상황에 대해 차근차근 설명해줬다. 본인의 정책적 성과나 국가의 홍보가 아니라 말레이시아의 취약한 정치 사회적 상황과 말레이시아 사람들의 장단점에 대해 가감 없이 얘기했다. 때때로 나는 그의 말을 그대로 게재해도 괜찮겠냐고 물어봤다. 그는 내게 답했다. "괜찮아요. 아픈 진실을 직시하지 못하면 절대 해법을 찾을 수 없어요." 나는 두 시간의 대담에서 정치가보다 '진실'의 실체를 고뇌하는 사상가의 면모를 봤다.

헤럴드를 인수한 뒤 이건희 회장 취임 10주년을 맞이해 삼성그룹의 '신경영'에 관한 책을 펴냈다. 삼성을 세계적인 기업으로 키운 이 회장의 경영 철학과 에피소드를 집대성한 책으로 세간의 큰 관심을 끌었다. 책이 나오자 이 회장 비서실로부터 나를 만나고 싶어하신다는 연락을 받았다. 나는 신라호텔로 이 회장을 뵈러 갔다. 그 자리에는 이 회장을 보필하는 사장단과 가족들이 나와 있었다. 서른 셋의 나이에 중견 언론사를 경영하고 있던 나를 위해 그런 예우를 갖출 필요는 없었다. 이미 잔뜩 주눅들어 있었던 나는 '제발 멍청한 말만 하지 말자'는 생각만 되뇌었다. 이 회장은 내게 따스한 감사와 격려의 인사를 건네시고, "초일류 기업의 경영 철학을 출판할 수 있게 돼 영광입니다"라는 내 답례에 단호한 목소리로 답하셨다. "삼성은 부족해요. 일류가 되려면 아직 멀었어요."

언론사를 경영하며 많은 리더들을 만났다. 국회에서 4년을 보내며 대통령과 고참 정치인들도 대부분 만나봤다. 첫 만남부터 오만방자하게 거들먹거리는 리더는 찾아보기 힘들다. 정재계의 정점에 있는 지도자라면 그 정도 기본은 갖추고 있다. 다만 겸손의 핵심은 공손한 말투나 태도가 아니라 자각의 진실성이다. 그들이 어떤 성격과 성질을 가졌고, 어떤 자세로 조직을 운영하는지 나는 알지 못한다. 인간이기에 짜증도 내고, 화도 내고, 실수도 할 것이다. 그러나 겸손한 사람은 자신의 부족함을 아는 사람이다. 부족함이 오로지 자신의 탓이라고 생각하며 이를 진심으로 괴로워하는 사람이다. 그렇기에 끊임없이 들으려고 하고, 배우려고 하고, 만나려고 한다. 나의 실패는 남의 탓, 남의 성공은 환경 탓이라고 정신 승리하는 이들에게 성공이라는 반전의 역사는 일어나지 않는다.

"성공의 숲에서 실패의 불씨를 찾아냄을 겸손이라, 실패의 늪
에서 성공의 씨앗을 살려냄을 희망이라 한다."

- Twitter

37

"이것 저것 따지면 뭘 먹느냐는 생각이 건강과 환경을 파괴한다. 음식혁명의 시작은 내가 먹는 음식이 어떻게 만들어지고 나와 세상에 어떤 영향을 미치는지 인식하는 것이다."

- Facebook

음식에 대해 얘기하면 흔히 듣게 되는 몇가지 '썰'이 있다. 우선 평생 드시고 싶은 대로 다 드시고, 술 담배 다 하시고, 운동과 담 쌓았어도 90세까지 사셨다는 주변 어른 얘기가 꼭 나온다. 평생 채식만 하고, 술 담배 멀리하고, 열심히 운동했는데 교통사고로 죽었다는 가상의 고인도 있다. 담배 끊느라 스트레스 받느니 차라리 피우는 게 낫고, 음식도 이것저것 따지느니 마음 편하게 먹는 게 최고라는 이야기도 빠지지 않는다. 스티브 잡스가 젊은 시절 당근만 먹다가 일찍 세상을 뜨게 됐다는 전설(?)도 들어봤다.

나는 평소 특별히 먹고 싶은 음식이 없고, 한두 끼를 건너 뛰어도 배고프다는 생각이 잘 안 든다. 대학과 로스쿨 시절에도 뭘 먹고 살았는지 기억이 가물가물하다. 밥솥도 없었던 것 같고 라면이나 패스트푸드를 즐겼던 것도 아니다. 만들기 간편한 파스타를 몇 주씩 계속해 먹고, 옥수수 통조림으로 배를 채웠던 적도 많았던 것 같다. 돈이 없어서라기보다 그 정도로 음식에 큰 관심이 없었다. 내가 음식에 관심을 가지게 된 것은 식품이 건강과 환경과 생태계에 미치는 절대적인 영향을 알게 되고 난 후의 일이다.

손에 오물이 조금만 묻어도 기겁을 하면서 몸속에 들어가는 음식은 가리지 않는 것은 참 희한하다. 우리가 먹는 모든 음식은 예외 없이 몸속에서 질병을 키우거나 질병과 싸우는 역할을 한다. 그래서 나는 음식 주문이 까다로운 사람이 좋다. 육류와 유제품을 피하고, 유기농과 무첨가를 선호하고, 원산지를 캐묻는 사람에게 호감이 간다. 더 많은 사람들이 까다롭게 주문할수록 더 많은 농부들이 친환경 전환을 고민하고, 더 많은 셰프들이 신선한 재료를 쓰고, 더 많은 기업들이 건강한 식품을 만들게 된다.

복잡한 데이터가 없어도 음식이 우리 밥상 위에 놓일 때까지 얼마나 많은 과정을 거치는지 짐작할 수 있다. 그 과정에서 자연이 파괴되고, 땅과 물이 소모되고, 탄소가 배출되고, 쓰레기가 만들어진다. 음식 산업이 환경에 미치는 영향은 가히 절대적이다. 농업은 에너지 산업 다음으로 많은 온실가스를 배출하며, 특히 축산은 농업으로 인한 온실가스 배출의 40퍼센트를 차지하고 있다. 따라서 음식을 생산하고 제조하고 유통하는 과정에서 파괴와 공해와 오염을 줄이는 것은 지구를 살리려는 노력의 핵심이다.

먹이 사슬은 태초부터 존재했다. 그러나 인류 역사상 이렇게 엄청난 스케일과 스피드로 생명이 파괴됐던 적은 없었다. 사람이 일생 동안 먹는 동물은 1인당 7000마리에 달해 연간 600억 마리 이상의 가축이 도살되고, 축산 농장과 공장을 짓기 위해 드넓은 초원과 열대 우림이 파괴된다. 어류의 남획으로 이미 멸종됐거나 멸종되어가는 종이 갈수록 늘어나고, 산호초의 죽음으로 수많은 해양 동물이 살 곳을 잃어간다. 그러나 경제 발전의 과실을 즐기려는 세계인은 나날이 더 많은 동물성 단백질을 갈구하고 있다.

매주 한 번만 패스트푸드를 먹어도 0.7킬로그램 이상의 체중이 불어난다. 환경과 생태계에 미치는 영향은 차치하고라도 건강에 치명적이다. 그러나 패스트푸드처럼 나쁜 습관만 중독되는 건 아니다. 가볍고 깨끗한 몸을 만드는 식습관의 중독성 역시 강력하다. 게다가 평생 헤어나야 할 필요가 없는 중독이다. 채식, 소식, 자연식… 어렵게 들리지만 그렇지 않다. 내 몸에 들어가는 음식이 어떻게 만들어지고, 나와 세상에 어떤 영향을 미치는지 알고 싶어하면 된다. 그게 식품으로 세상을 바꾸는 음식혁명의 출발점이다.

"나쁜 먹거리는 무지함과 게으름 속에 번식한다. 건강과 환경과 생명을 지키기 위해 우리는 끊임없이 배우고 고르며 따져야 한다."

- Facebook

인상 깊었던 음식 다큐멘터리 7편

- 루이 시호요스(Louie Psihoyos), 〈더 게임 체인저스(The Game Changers)〉, (2018)
- 에릭 시라이(Erik Shirai), 〈사케의 탄생(The Birth of Sake)〉, (2015)
- 킵 안데르센, 키건 쿤(Kip Anderson and Kaegan Kuhn), 〈몸을 죽이는 자본의 밥상(What the Health)〉, (2017)
- 클레이 제터(Clay Jeter), 〈셰프의 테이블: 댄 바버(Chef's Table: Dan Barber)〉, (2015)
- 리 풀커슨(Lee Fulkerson), 〈칼보다 포크(Fork over Knives)〉, (2011)
- 조나단 무스만(Jonathan Mussman), 〈부패의 맛(Rotten)〉, (2018)
- 스테파니 소크틱(Stephanie Soechtig), 〈페드 업(Fed Up)〉, (2014)

38

"고민이 길어지면 용기는 줄어든다. 풀리지 않는 매듭은
가위로 잘라내듯 답 없는 고민은 결단으로 끝낸다."

- Instagram

이 글을 올렸을 때 많은 이들은 내가 정계 복귀를 고민 중이
라고 생각했다. 사실 나는 17년간 대주주로서 경영해온 헤럴드
의 매각을 고민 중이었다. 헤럴드는 14년 연속 흑자를 기록하
며 언론계에서 가장 탄탄한 기업의 하나가 되었다. 〈코리아헤
럴드〉는 영어 신문 부동의 1위였고, 〈헤럴드경제〉는 가장 수익
률 높은 신문 중 하나였다. 그러나 국내 최고의 미디어 기업으
로 도약하는 목표는 요원했다. 영어마을 5곳을 운영하는 교육
사업도 정체돼 있었다. 아이디어와 노력만으로는 부족했다. 과
감한 투자라는 돌파구가 필요했다.

개인적으로도 성장이 없는 사업에 피로감을 느끼고 있었다.
애초부터 나는 언론사 사주라는 자리가 주는 권위와 영향력
에 큰 관심이 없었다. 나는 기업인이었고 기업인은 성장을 먹

고 살아야 하는 것이다. 게다가 나는 내 아이들에게 기업을 물려주고 싶은 마음이 없었다. 부모님은 내게 최고의 교육을 받을 기회를 주시고 돈은 한 푼도 물려주시지 않았다. 나는 그것이 완벽한 유산이라고 생각했다. 그들의 운명은 스스로 선택해야 했다. 나는 내 아이들에게 내 기업을 이어받아야 한다는 족쇄를 채우고 싶지 않았다.

매각은 경영에서 가장 중대한 결정이다. 잘못되면 회사가 무너진다. 더욱이 잘 돌아가는 언론사를 매각하는 일은 전무후무한 일이었다. 가족들은 불안해할 것이고, 주주들은 반발할 것이며, 직원들은 동요할 것이 불 보듯 했다. 그래서 매각도 고려하되 외부의 투자를 유치하는 것을 우선적인 목표로 삼고 시장을 두드리기 시작했다. 극비리에 관심 있는 기업들과 대화를 나눴다. 그러나 대부분 언론사의 가치를 어떻게 평가해야할지, 또 언론사에 투자하면 어떤 장단점이 있을지 숙고하느라 쉽게 결정을 내리지 못했다.

그러던 차에 한 대형 건설사가 적극적인 매수 의지를 표명해왔다. 건설업계를 잘 모르는 내겐 생소한 회사였다. 그러나 자산이 10조 원에 달하는 탄탄한 기업이었고, 헤럴드를 키우고 싶은 의지와 열정도 확고했다. 협상은 일사천리로 진행됐다. 인수 당시 100억 원에도 못 미쳤던 기업 가치가 10배 이상으로 평가됐다. 언론과 무관한 계열사 올가니카를 내가 떠안는 조건이었다.

결단의 시간이었다. 경영에서는 빠른 결정이 옳은 결정보다 중요하다. 며칠간 고민한 나는 2019년 5월 내 헤럴드 대주주 지분을 넘기는 계약을 체결했다. 곧 이를 발표하고 경영진 및 간부들과 만나 매각의 명분과 비전을 설명했다. '정계 복귀 신호탄' 운운하는 기사들이 난무했지만 신경 쓰지 않았다. 나도 직원들도 결별에 내심 아쉬움과 섭섭함이 없지 않았으나 다행히 직원들은 크게 동요하지 않았다. 투자에 목마른 회사였기에 새로운 전환점을 맞이해야 한다는 점에 공감했으리라. 고등학생 시절 인턴으로 시작된 나와 헤럴드의 연은 그렇게 마무리됐다.

나는 정든 헤럴드를 떠나며 아쉬움과 고마움을 담은 글을 내 페이스북과 인스타그램에 올렸다.

"헤럴드 출근 마지막 날. 17년간 가슴 벅찬 경영의 기회를 허락해주신 임직원 여러분과 코리아헤럴드와 헤럴드경제를 성원해주신 모든 분들께 감사드립니다."

"전진하지 않는 모든 것은 퇴보라 했다. 어려움은 있되 머무름
은 없길."

- Twitter

39

"내게 이 잘못마저 없었다면 그대보다 훨씬 뛰어난 이들
과 어울렸을 거라고 답하시길."

- Twitter

"남자가 절대 잊지 못하는 두 가지는 첫 사랑과 첫 시가다."
몇 년 전 시가 잡지에서 읽은 말이다. 나는 2012년 도쿄의 재즈
바에서 첫 시가를 피웠다. 담배와 달리 연기를 들이마시지 않
기에 거북하지 않았다. 강력하고 꾸밈없는 향이 매혹적이었고,
입에 맴도는 싱글 몰트와 어울려 깊고 진한 향미가 우러났다.
시가를 살짝 물고 연기를 내뿜을 때마다 감정과 생각의 흐름이
고요하고 편안해졌다. 나는 시가의 매력에 빠져들었다. 그리고
도쿄에 머무는 동안 하루도 빠짐없이 그 재즈 바를 찾았다.

뉴욕 카네기홀 뒤편에는 클럽 마카누도가 있다. 그리 세련되
진 않지만 전문가의 아우라를 풍기는 시가 애호가, 소위 아피
시오나도(aficionado)들이 향을 음미하고 있다. 동양인이 반가운
지 내가 가면 가끔씩 특별한 시가를 권해준다. 미국은 쿠바산

시가가 불법이기에 대부분 도미니카산과 니카라과산이다. 뉴욕의 냇셔먼과 다비도프 시가숍도 간편히 시가를 즐길 수 있는 곳이다. 예일대학교 부근의 아울숍도 잊을 수 없다. 시가 바의 오너에게 나는 하버드맨이라 예일과 관련된 모든 게 싫지만 여기만 예외라고 했더니 그때부터 친구가 됐다.

이태원 골목에는 내가 자주 찾는 친구의 스튜디오가 있다. 늘 따스한 음악과 편안한 의자와 약간의 술이 준비돼 있다. 다른 약속이 없는 날 그곳에 가면 항상 절친한 벗들과 만난다. 우리는 다른 데서 말못하는 서로의 일상을 털어놓고 허접한 농담을 주고받으며 세상의 고민과 고통을 잊는다. '친구는 내 아픔을 등에 지고 가는 사람들'이란 우리를 두고 하는 말이다. 나는 시가를 두세 가치 들고가 친구들과 나눠 피우고는 한다. 그리고 '오늘도 잘 보냈구나'라는 따스한 위안을 품고 집으로 돌아간다.

가장 기억에 남는 시가는 2017년 베트남 나트랑 해변에서 피운 코히바 시글로였다. 나는 태어나서 그렇게 많은 별들을 본 적이 없다. 쏟아질까봐 두려울 정도로 많은 별들이 구름 한점 없는 밤하늘을 밝히고 있었고 나는 행복했다. 나는 그날 일기에 '오늘 생애 가장 아름다운 별들과 최고의 시가를 경험했다'고 적었다. 파리와 밀라노, 발리와 하와이, 베이징과 상하이… 어딜 가든 나는 피트니스 센터와 시가 바가 어디 있는지를 가장 먼저 물어본다. 혹시 부근에 시가 바가 없을까봐 몇 개는 꼭 갖고 다닌다.

인스타그램에 가끔씩 시가를 피우는 사진을 올렸다. 그러면 내 국회 출신 비서는 제발 시가 사진은 올리지 말라고 조언한다. '국민 정서'에 맞지 않는다는 이유다. 나는 좋아하는 게 별로 없다. 술도 많이 못 마시고 도박도 할 줄 모른다. 담배도 끊었고, 골프도 끊었고, 육식도 끊었다. 그러나 시가는 끊을 생각도, 숨길 생각도 없다. 시가는 평생을 함께하는 남자들의 우정과 비슷하다. 투박한 멋스러움과 묵직함이 좋고, 슬프고 기쁜 순간을 같이하며, 매일 서너 시간을 함께 보내도 지루하지 않다.

시가를 피우기 가장 좋은 때는 술 마시기 전후, 식사를 할 때와, 식사와 식사 사이의 모든 시간이라던 윈스턴 처칠 수상은 하루에 시가를 10대씩 피웠다. 작가 마크 트웨인은 많이 태우는 날 40대까지 피웠다니 깨어 있는 모든 시간에 시가를 물고 있었다고 해도 과언이 아니다. 존 F. 케네디 대통령은 쿠바를 봉쇄하기 직전 비서에게 쿠바산 '프티 업만' 시가 1000개를 구하라는 지시를 내렸다고 한다. 쿠바가 봉쇄되면 더 이상 구할 수 없기 때문이었다. 비서는 1200개를 구해줬다고 한다. 훌륭한 비서다.

"세상에 나쁜 시가란 없다. 더 좋은 시가가 있을 뿐."

- Instagram

40

"두려움은 타고나기에 절로 죽지 않고, 자신감은 타고나
지 않기에 절로 솟지 않는다. 죽지 않는 것을 누르고, 솟지
않는 것을 파내는 노력, 그것이 단련이다."

- Twitter

2019년 가을, 큰딸이 마약을 들고 입국하다가 적발됐다. 같
은 시기, 중병을 앓고 계셨던 아버지와 어머니의 병세가 급격
히 악화되었다. 아내와 둘째 딸과 막내아들은 모두 미국에 있
었고, 큰딸은 검찰 조사 후 누나 집에 머물고 있었다. 침묵보다
나은 언어를 찾기 힘들었던 시기, 나는 홀로 집에서 두문불출
했다. 화상 회의로 회사 일을 보고, 딸과 시간을 보내며 재판에
대비하고, 부모님이 계신 병동을 오가는 게 일상의 전부였고,
간혹 절친한 친구들의 얼굴을 보는 게 유일한 낙이었다. 해를
넘기자 코로나가 확산되면서 내 자발적 '가택연금'은 장기화되
었다.

내 목표는 하루하루를 잘 넘기는 것이었다. 우선 집 정원을
리모델링했다. 전문가들을 고용하고 꽃과 나무, 벽돌과 조명의

종류까지 세세히 검토했다. 그리고 하루도 빠짐없이 공사장을 맴돌았다. 많은 공사를 진행했지만 이렇게 전 과정을 직접 지켜본 것은 처음이었다. 나는 시끌벅적한 공사장이 좋았고, 일하는 사람들도 잔소리 없이 구경만 하는 나를 편하게 대했다. 공사장에서 마시는 믹스커피의 묘미도 배웠다. 공사가 마무리될 무렵 추가로 뒤뜰 공사를 발주했다. 뜰만 더 있었다면 계속 공사를 이어가고 싶었다.

공사가 끝난 뒤에는 정원에서 책과 차와 시가를 벗 삼아 하루를 보냈다. 평창동에서 20년 가까이 살았지만 계절이 바뀌며 마른 가지에 싹이 돋고, 잎이 자라 꽃이 피는 모습을 지켜본 건 처음이었다. 모든 것은 변하고 기쁨도 슬픔도 영원한 것은 없다는 단순한 진리 앞에 마음이 다소 편안해졌다. 밖에서 시가를 태우며 30여 권의 책을 읽었다. 나는 시가를 천천히 피우기에 한 대로 서너 시간은 족히 즐길 수 있었다. 내가 피운 시가의 특징을 기록하는 다이어리도 쓰기 시작했다. 쓸모없는 일이었지만 소중한 일과가 됐다.

코로나 위기가 길어지면서 자전거를 시작했다. 나는 자전거에 별 관심이 없었고 쫄쫄이 유니폼에 대한 거부감도 컸다. 그러나 집에서 많은 시간을 보내다 보니 시원하게 달려 보고 싶은 생각이 들었다. 그래서 기초적인 교육을 받고 전용 도로를 달리기 시작했다. 얼굴은 까맣게 탔고 체중도 5킬로그램 이상 빠졌다. 비가 내리는 날에는 실내에서 훈련했다. 친구들을 부추거 함께 시작했으나 모두 한두 번 타고는 그만뒀다. 좋은 경치도 감상하고 맛집도 탐방할 것이란 기대와 달리 휴식조차 없이 달리는 내 치열함에 질려버린 듯했다.

여름에는 명상에 입문했다. 헤럴드 회장 시절 요가를 배우며 명상을 해봤지만 졸았던 기억밖에 없었다. 그러나 "사람이 닭이나 개를 잃어버리면 찾을 줄 알면서 마음을 놓아버리곤 찾을 줄 모른다"는 맹자의 가르침을 떠올리고 다시 시도해보기로 했다. 나는 'Calm'이라는 앱을 설치해 혼자 명상을 시작했다. 하루 10여 분의 명상이 차츰 30분, 때로 1시간까지 늘어났다. "이 순간 소리 없음이 세상의 모든 소리를 이기네"라는 백거이의 시처럼, 나는 자극과 충격에 일희일비하지 않는 고요한 의지가 되기 위해 노력했다.

내리막길에서 자전거 페달을 밟으면 더 힘들다고 한다. '이 또한 지나가리라'라고 스스로 위로하며 세월에 맡기라고도 한다. 그러나 삶의 위대함은 한 번도 넘어지지 않음에 있지 않고 넘어질 때마다 다시 일어섬에 있다. 《중용》에 "남이 한 번 만에 한다면 나는 백 번, 남이 열 번 만에 한다면 나는 천 번이라도 해서 할 수 있게 한다"고 했다. 나는 강인하지도, 지혜롭지도 않았다. 그러나 강함보다 약함을 고민하는 자에게, 지식보다 무식을 염려하는 자에게 성장이 있다고 믿었다. 나는 그렇게 노력하며 한 해를 보냈다.

"밤낮 흐르되 마르지 않는 강처럼, 차고 기울되 쇠하지 않는
달처럼, 변함은 있되 다함은 없는 삶이란 믿음으로."

- Twitter

41

"인생의 본질은 혼자이며 함께는 예외인 것.
외로움을 불행으로, 어울림을 행복으로 여기지 말라."

- Instagram

초등학생 시절부터 나는 잠자리에 드는 시간이 괴로웠다. 보통 10시쯤 내 방에 들어오면 불을 끄고 침대에 누워 조용히 라디오를 켰다. 그러고는 〈밤을 잊은 그대에게〉, 〈밤의 디스크쇼〉 등 심야 프로그램이 끝날 때까지 잠을 못 이뤘다. 다음 날 시험이라도 있는 밤이면 자야 한다는 강박감 때문에 식은땀을 흘리곤 했다. 이런 습관은 중학생, 고등학생이 되어도 나아지지 않았다. 밤 열 시 반이면 소등을 해야 했던 초우트 로즈메리 홀에서 새벽까지 뒤척이며 들어야 했던 기차의 기적 소리는 지금도 기억에 또렷이 남아 있다.

하버드대학교에 입학한 뒤에는 두 번 휴학을 했다. 특별한 사유가 있었던 게 아닌데도 하루하루를 견디기 괴로웠고 견뎌야 할 이유도 찾기 힘들었다. 걱정해주는 친구들도 피하며 홀로 번민의 늪 속으로 빠져들었다. 갈피를 잡을 수 없는 불안과 고민에 휩싸여 이틀 건너 하루씩 밤을 지샜다. 그러나 누구에게 도움을 청할 생각은 꿈에도 못했다. 내 유약함을 알리는 게 부끄러웠고 강한 의지로 극복해야 한다는 강박감뿐이었다. 나는 두 번의 휴학 탓에 제때 졸업하기 위해 훗날 필사적인 노력을 기울여야 했다.

나는 아내와 만나며 마음의 안정을 되찾고 스탠퍼드대학교 로스쿨을 끝마칠 수 있었다. 그리고 결혼을 했다. 내 삶은 행복한 가정과 새로운 도전으로 채워졌다. 하지만 불면의 습관은 사라지지 않았고, 마음 한 구석의 어두운 그림자도 걷어내지 못했다. 때때로 함께 있어도 혼자라는 생각이 들었지만 '누구나 다 이렇겠지'라고 생각했다. 수면제와 안정제에 기대거나 술이나 담배에 의존하고 싶은 생각은 없었다. "행복하기 때문에 웃는 것이 아니라 웃기 때문에 행복한 것"이라는 윌리엄 제임스의 말을 떠올리며 평안을 찾기 위해 노력했다.

딸이 우울하고 불안한 상태를 보이기 시작한 걸 알게 된 건 몇 년 전의 일이다. 걱정됐지만 아내에게 맡기고 지켜보려 했다. 딸이 내게 약한 모습을 보이지 않으려 열심히 노력하고 있음을 알고 있었기 때문이다. 잘 이겨내주길 바라는 막연한 기대도 있었다. 그러다가 결국 마약 사건이 터졌다. 딸과 단 둘이 검찰 조사와 재판, 언론과 여론의 융단폭격을 견뎌내며 나는 그제서야 비로소 사랑하는 딸이 겪어온 고민과 고통을 이해하기 시작했다. 동시에 딸의 아픔이 얼마나 내 과거의 모습과 비슷한지도 깨닫게 되었다.

나는 1년 가까이 자신의 잘못에 대한 죄책감과 자괴감을 감당하는 한편 우울함과 불안함을 이겨내려는 딸의 필사적인 노력을 지켜봤다. 우울함과 불안함으로 고통받는 사람에게 힘내라는 말은 하반신이 마비된 사람에게 달려보라고 하는 것과 같다. 중요한 건 포기하지 않고 시도 때도 없이 밀어닥치는 감정과 함께 살아가는 법을 배우는 것이다. 승리의 비결은 얼마나 세게 치느냐가 아니라 얼마나 세게 맞고 버티느냐…. 때로 서 있는 것만으로 충분했다. 나는 딸이 견뎌내고 버텨준 것만으로도 고마웠다.

국내의 우울증 환자가 70만 명을 넘어섰고 성인의 6퍼센트가 불안증에 시달린다고 한다. 어쩌면 근본적으로 병든 사회에 탈 없이 적응하는 것이 오히려 비정상일 수 있다. 외로움도 다르지 않다. 우리는 만남과 상상을 통해 혼자가 아니라는 착각을 즐기지만 외로움은 인간의 본성이다. 고로 외로움을 잠시 잊고 살 수는 있어도 지울 수는 없다. 오로지 "홀로 있다는 것은 순수한 내가 있는 것이며, 자유는 홀로 있음을 뜻한다"는 법정 스님의 가르침처럼, 고독을 때로 자유로, 때로 평화로 여기며 함께 살아가는 법을 익히는 것이다.

"어두울수록 별은 더 또렷이 보이고, 별이 보이는 건 곧 새벽이 오리라는 약속이다."

- Twitter

내 우울함을 걷어내주는 노래 7곡

- 밥 딜런(Bob Dylan), 〈Like a Rolling Stone〉
- 아이슬리 브라더스(Isley Brothers), 〈This Old Heart of Mine〉
- 집시 킹스(Gipsy Kings), 〈Allegria(Live)〉
- 레드본(Redbone), 〈Come and Get Your Love〉
- 오아시스(Oasis), 〈Don't Look Back in Anger(Live)〉
- 트웬티 원 파일럿츠(Twenty One Pilots), 〈House of Gold〉
- 어스 윈드 앤드 파이어(Earth, Wind & Fire), 〈My Promise〉

<u>42</u>

"숲을 사랑하는 이유는
생명의 향기를 머금은 곳이기 때문이다."

- Instagram

계절이 황혼으로 물든다. 10월이 해질녘이라면 11월은 초저
녁이라고 했다. 11월은 연중 가장 황량한 달이다. 알베르 카뮈
의 표현처럼 모든 잎사귀가 꽃이 되는 정경이 그나마 계절의
쓸쓸함을 달래준다. 평창동 꼭대기에 20년째 사는 이유… 나는
숲이 좋다. 그렇다고 산에 오르는 것을 즐기지는 않는다. 십수
년간 국립공원과 담을 마주하고 살면서도 북한산에 오른 게 10
번 될까 말까 하다. 그래도 아침마다 정원에 나와 형제봉을 바
라보며 기지개를 켠다. 자연의 변화를 관찰하며 계절의 기운을
들이마신다. 이어 바람에 잎사귀가 바스락대는 소리를 벗삼아
명상을 한다. 나는 이 동네를 떠날 생각이 없다.

겨울과 눈과 정적, 그리고 선(禪)의 상징처럼 고요히 뻗어 있
는 숲, 홋카이도는 내가 좋아하는 게 많은 곳이다. 니세코 주변

쿠첸의 산 속에는 갤러리가 하나 있다. 울창한 숲과 계곡이 내려다보이는 언덕 위에 일본 전통 농가인 코민카를 옮겨 놓았다. 이를 디자인한 사람은 호주인이다. 수십 년 전 배낭여행을 왔다가 홋카이도의 아름다움에 반해 눌러 앉았다고 한다. 갤러리에는 그가 수집한 골동품과 직접 찍은 사진들이 전시돼 있다. 어떻게 외국인이 홋카이도의 자연을 그리 완벽히 카메라에 담았는지 놀라울 따름이다. 나는 그의 사진을 몇 점 사서 집에 걸어 두었다.

원대하고 강렬하고 자유로운 바다를 사랑하는 이유는 내가 되고 싶은 모든 것이기 때문이다. 5대양을 돌아보며 후회한 적은 한 번도 없다. 동해에서 대서양까지, 모든 바다가 아름다웠기 때문이다. 바다의 추억은 나열할 수 없을 정도로 많다. 친구, 연인, 가족과 함께 찾았던 해변, 때로 평화롭고 때로 무자비한 파도, 바다 속 생물들과의 두렵고 신기한 교감, 밴드 케이크(Cake)의 〈I Will Survive〉를 들으며 질주했던 태평양까지…. 그런 바다가 점차 플라스틱섬이 떠다니는 쓰레기통이 되어가고, 내 추억이 깃든 아름다운 섬들이 기후변화로 인한 수면 상승으로 금세기 내 완전히 사라질 수 있다고 한다. 걱정이다.

자연의 모든 색을 담아 놓은 뉴잉글랜드의 가을, 굽이굽이 끝없이 펼쳐진 몽골의 사막, 산채 만한 하와이 노스쇼어의 파도, 토르의 신군이 내려올 듯 웅장한 북유럽의 절벽…. 내 버킷리스트에는 아직 티벳과 네팔, 아마존이 남아 있다. 고산병과 전염병이 걱정되지만 언젠가 문명에 오염되지 않은 인류와 자연의 마지막 모습을 보고 싶다. 많은 사람들이 골프와 스키를 좋아한다. 자연 속에서 즐길 수 있는 운동이기 때문이라고 한다. 골프와 스키가 나무를 베고 산을 깎아 자연을 가장 많이 파괴하는 운동이라는 점에서 아이러니다.

나는 고등학교를 졸업하며 다시는 전원에서 살지 않겠다고 다짐했다. 4년간 촌구석에 처박혀 있었기에 전원 생활이 지긋지긋했다. 그 후 내가 선택한 학교와 직장은 모두 도시에 위치해 있었다. 하버드대학교, 서울대학교, 베이징대학교는 물론이고, 나는 스탠퍼드대학교도 샌프란시스코에 있는 것으로 착각하고 갔다. 직장도 뉴욕, LA, 워싱턴 D.C., 홍콩 등 모두 대도시였다. 그랬던 내가 이토록 자연을 사랑하게 된 것은 단지 나이를 먹었기 때문만은 아닌 듯하다. 해가 갈수록 모든 답이 자연에 있는 것 같다. 몸과 마음의 건강도, 세상과 인생의 지혜도, 가장 순수하고 위대한 아름다움도.

그런데 안타깝게도 나는 정글과 사막과 남극을 누비는 탐험가가 되기는 틀린 것 같다. 이미 현대 문명에 중독된 탓에, 땀에 젖어도 샤워를 할 수 없고, 달려드는 해충들과 싸워야 하고, 원주민의 토착 음식으로 허기를 달래야 하는 난관을 넘기 힘들 것 같다. 야생이 아닌 길들여진 자연만을 찾는 겁쟁이로 살기는 싫은데 말이다. 고민이다.

"자연을 위해 남길 수 있는 최상의 족적은 어떤 흔적도 남기지 않는 것이다."

- Instagram

43

"세상이 나를 멀리하면 고독이지만
내가 세상을 멀리하면 자유다."

- Facebook

국회를 떠난 지 8년이 됐다.《대학》에서는 "뜻을 성실히 함은
자신을 속이지 않는 것"이라고 했다. 나는 그간 여의도 부근에
도 가지 않았고, 가까웠던 의원들과도 교류가 없었다. 오로지
기업인으로서 헤럴드와 올가니카 등 10여 개 기업의 경영에 몰
두해왔다. 그런데 아직까지 많은 이들은 나를 정치인으로 간주
한다. 그리고 응원도 하고 비판도 한다. 게다가 내 의지와 무관
하게 선거 때마다 내 이름이 등장한다. 그때마다 대응하는 것
도 우습고 번거로운 일이다. 세간의 풍문과 언론의 추측에 일
일이 답할 필요는 없다.

2016년 서울시장 선거를 앞두고 내 이름이 하마평에 오르내
렸다. 내가 보수권 후보로 출마할 것 같다는 소식이 방송과 신
문에 보도됐고, 정치권에서도 다양한 경로로 만나자는 연락이

왔다. 국회를 떠난 이래 단 한 번도 정치 재개의 뜻을 암시한 적이 없었다. 오해를 살 수 있는 인터뷰와 강연도 일절 하지 않았고 오직 경영에만 집중했다. 간간이 들려오는 정계 복귀 소문은 무시했다. 그런데 이번에는 지인들과 친구들은 물론 직원들까지 내 출마 가능성에 동요하고 있었다.

나는 며칠 있으면 잠잠해질 거라는 기대를 품고 가족과 함께 일본으로 여행을 떠났다. 그런데 나고야 근교의 문화재를 구경하고 있을 때 비서로부터 전화가 왔다. '높으신 분들'의 전화가 빗발치니 만나보셔야 할 것 같다는 당부와 다음 날 내 이름이 여론 조사에 포함될 것 같다는 소식을 전해줬다. 더는 참을 수가 없었다. 나는 출마할 의사가 없다는 짧은 글을 써서 인스타그램에 올렸다. 관광하다가 나무 밑에 쭈그리고 앉아 글을 쓰는 나를 보고 딸내미가 아빠도 인스타그램 중독이라고 놀려댔다. 짜증이 풍년이었다.

2019년 여름 헤럴드 매각과 동시에 다시 내가 정치권에 복귀한다는 보도가 뜨기 시작했다. '내 이마에 정치인이라는 주홍 글씨가 새겨져 있나?'라는 의문이 들었다. 기업 매각은 경제적인 결정이다. 팔아야 할 때가 왔고 이를 사줄 좋은 사람이 나타났기에 판 것이다. 이를 '정치 재개의 신호탄'으로 해석하는 기자들의 논리가 궁금했다. 심지어 내가 강력한 정계 복귀의 뜻을 품고 총선 출마를 위해 정치권과 접촉하고 있다는 가짜 뉴스가 기정사실화되고 있었다. 나는 그냥 무시하기로 했다.

2020년 봄 제21대 총선을 앞두고 서울 강남에 출마해달라는 요청을 받았다. 나갈 마음도 없었지만 왜 보수 정당에서 강남 같은 지역에 굳이 나를 내보내려 하는지도 이해할 수 없었다. 인생에서 기회와 유혹을 구분하는 것은 중요하다. 그러나 나는 총선을 기회로도, 유혹으로도 여기지 않았다. 다만 내게 제안을 했던 의원은 내가 평소 좋아하는 의원이었다. 그래서 최소한의 예의로 하루 생각해보고 전화를 드리겠다고 했다. 물론 다음 날 전화하는 건 잊어버렸다. 아니, 종일 전화기 켜는 것을 깜빡했다고 하자.

인생은 아이러니로 가득하다. 청운의 꿈을 품고 출마했을 때는 이리저리 돌리며 공천에 탈락시키더니 출마할 마음이 없을 때는 놔두지를 않는다. 나는 국회의원으로서 4년 남짓한 시간을 보냈다. 내가 원하는 삶이 아니었기 때문이다. 그리고 기업인으로서 17년을 일했다. 그런데 언론은 아직까지 선거 때마다 나를 소환해낸다. 이 책을 출판해도 왠지 같은 일이 벌어질 듯한 예감이다.

"三揖一辭(삼읍일사), 세 번 읍하며 어렵게 나아가고, 지체없이
한 번에 물러나는 것이 벼슬길. 경박하게 나서고 고집스레 버
티는 공직 후보자들이 새겨들어야 할 가르침이다."

- Twitter

<u>44</u>

"자신감의 원천은 오로지 성취뿐.
작은 목표라도 반드시 달성해
자신의 의지와 역량에 대한 신뢰를 축적해야 한다."

- Twitter

나는 정해진 시간에 일어나 정해진 시간에 잠들며 살아본 기억이 없다. 매일 되풀이하는 루틴도 없었다. 얽매이는 게 싫은 성격 탓이기도 하지만 들쑥날쑥한 수면 때문에 매일 깨어 있는 시간이 달랐다. 출근 전에는 커피 마시고 신문 읽는 게 다였고, 출근 후에는 정기적인 회의 외에는 끊임없이 일을 만들어서 했다. 식사는 약속이 없으면 대부분 건너뛰었다. 운동은 아무 때고 두 시간가량 시간이 나면 다녀왔다. 나는 TV를 안 보기에 약속 없는 저녁은 가족이나 친구들과 시간을 보내거나 책을 읽으며 마무리했다.

2020년 봄, 재택근무를 하면서 몇가지 루틴을 더했다. 매일 7시에 일어나 씻고 커피와 함께 네 개의 조간신문을 읽는다. 이어 15~20분간 명상을 하고, 핸드폰 다이어리에 감사한 일 세

가지를 적는다. 가족, 건강처럼 매일 반복되는 사안이 아니라 날씨나 숙면처럼 특별히 감사할 거리를 찾는다. 그 후 금융시장을 점검하고, 두세 시간 정도 화상회의와 이메일로 업무를 본다. 점심은 건너뛰거나 올가니카 프로틴쉐이크로 대신한다. 운동은 저녁 식사 전 한 시간 반가량 하고, 취침 전에는 매일 성공한 일 세 가지를 기록한다.

"사람의 본성은 비슷하지만, 습관은 큰 차이를 만든다." 공자의 말씀이다. 매일 한 치의 오차 없이 살았던 시인 W. H. 오든은 루틴을 '야망의 상징'이라고 했다. 벤자민 프랭클린부터 알버트 아인슈타인까지 많은 위인들은 물론, 어니스트 헤밍웨이나 앤디 워홀처럼 틀에 박힌 삶을 싫어했던 예술가들도 매일 철저한 창작 일정이 있었다. 《리추얼》의 저자 메이슨 커리는 잘 짜인 루틴은 시간과 의지, 절제와 긍정의 자원을 활용하게 하며, 정신적인 에너지에 리듬을 더하고 감정의 폭주를 제압하는 역할을 한다고 했다.

내가 일상에 몇 가지 루틴을 더한 것은 마음의 안정을 찾기 위해서였다. 맹자는 "마음은 잡으면 보존되고, 놓으면 없어지며, 드나드는 때가 없고, 어디로 가는지 알지 못하는 것"이라고 했다. 시도 때도 없이 밀려드는 잡념과 꼬리에 꼬리를 무는 상념에 우울해지고 불안해지는 습성은 절로 고쳐지는 것이 아니다. 몇 가지 일상을 매일 빠짐없이 되풀이하면 연속성에서 오는 평정심과 작은 성취를 통한 자신감을 되찾을 수 있다. 나는 흔들리는 마음을 잡아주고 위축되는 자아를 유지하기 위해 매일 되풀이되는 일과가 필요했다.

어려운 일을 당하면 이를 잊으려고 억지로 일을 만들어 바쁘게 다니는 사람들이 있다. 시간이 약이라는 말, 정신없이 시간을 보내다 보면 어느새 덜 힘들어지고, 덜 외로워지고, 덜 아프게 느껴진다는 것이다. 그러나 내 경우에는 고민과 고통을 나중으로 미루는 것에 불과했다. 즉 아무리 잊고 지내려 해도 언젠가 반드시 맞닥뜨려야 했다. 이를 극복하기 위해 일정한 루틴으로 삶의 틀을 잡고, 성취감과 자신감을 되찾으며, 명상 등의 방식으로 마음의 평정을 되찾으려는 노력이 중요했다.

루틴으로 하루를 채울 필요는 없다. 내가 말하는 루틴이란 매일 기계적인 삶을 반복하는 수험생 또는 스님이나 군인의 빈틈없는 일과를 의미하는 것이 아니다. 누구에게 보여줄 것도 아니다. 창의력을 위한, 자신감을 위한, 평정심을 위한 자발적인 루틴은 부담스러운 의무가 되어서는 안 되며 편안하고 즐거워야 한다. 즉 시간의 재촉에 떠밀려가지 않고 나만의 보폭으로 걸어가겠다는 여유와 자신감이 필요하다. 편한 마음으로 소소한 성취를 통해 조금씩 자신의 역량과 의지에 대한 믿음을 회복하는 것이다.

"강한 중독성을 지닌 단념. 먼 목표와 함께 가까운 사명을 세워 성취의 기쁨을 맛보시길. 단념의 천적은 정직한 성취의 습관뿐."

- Twitter

45

"나의 행복은 해야 할 일과
바라볼 목표와 사랑할 사람을 필요로 한다."

- Twitter

오늘 저녁은 친구들을 만나는 날이다. 만나면 뭘 할 건지 뻔하다. 친구의 아지트에서 간단한 음식을 시켜 먹고, 술 한 병을 천천히 나눠 마시며, 이야기를 주고받을 것이다. 가끔씩 국내 정세나 세계 경제에 대해 열띤 대화도 펼치지만 대부분 한두 시간 후면 기억조차 안 나는 잡담이다. 그러나 친구들과 저녁에 만나는 날은 아침부터 마음이 편안하다.

보통 '베프'와는 한두 달에 한 번 정도 본다고 한다. 나는 매주 한 번 보는 걸로 부족하다. 매일 보면 좋겠다. 친구가 많은 것도 아니다. 사람들 만나는 걸 불편해하는 내가 편하게 보는 친구는 대여섯에 불과하다. 그들은 나에 대해 가족보다 더 많은 것을 안다. 함께 자랐고, 유학을 떠날 때 배웅해줬고, 한국에 돌아올 때마다 함께 도시를 누볐다. 약혼식과 결혼식을 함께했고, 인수와 출마를 도왔으며, 내가 사고를 치면 만사 제치고 달려와줬다.

좋은 식당이나 술집도 실컷 다녔고, 골프와 스키와 자전거도 함께 즐겨봤다. 그러나 어느 순간부터 무엇을 하느냐는 중요하지 않았다. "술잔 속에 밝은 달을 맞이하니 달과 나와 그림자 셋이어라"고 읊었던 이백처럼, 모두 부차적인 것이며 함께 있다는 것만으로도 위안이 되었다. 서로에 대한 기대와 믿음은 여전하지만 실망이나 서운함은 없다. 베푼 사랑은 내려놓고 받은 사랑은 기억하라고 했던가? 이를 뼛속 깊이 알고 있는 녀석들이다.

우리를 30년 넘게 알아온 친구 아내가 궁금해했다고 한다. 어떻게 예나 지금이나 똑같은 농담을 주고받으며 똑같이 즐거워할 수 있는지. 40년의 세월을 함께 보내며 열 번, 스무 번도 넘게 들어본 이야기지만 변함없이 재미있고 유쾌하다. 그 아지트에서 내 이름을 부르는 사람은 없다. 모두 나를 별명으로 부른다. 세상에서 그들만이 아는 내 별명이다. 내가 학생일 때도, 의원일 때도, 회장인 지금도. 나 역시 그들을 이름으로 부르지 않는다.

지난 봄 친구의 어머니가 돌아가셨다. 3일장 동안 나는 모든 약속을 취소했다. 경영 회의도, 가족 모임도, 귀빈과의 약속도 다 미루고 사흘 내내 상가를 지켰다. 그리고 쉰 살의 나이에 관을 운구하며 어머님의 마지막 길을 지켜 드렸다. 다른 친구들도 마찬가지였다. 친구의 형님과 누님들이 어떻게 이런 친구들이 있냐고 고마워하셨지만 나는 되려 그 말씀이 서운했다. 오히려 어머님을 잃은 40년 지기의 눈물을 처음 본 아픔이 잊혀지질 않는다.

　사람의 인격은 가장 자주 만나는 대여섯 명을 보면 알 수 있다고 한다. 내 사랑과 인생의 조언을 도맡아온 상담자, 분통터지는 느긋함과 너그러움을 가진 사업가, 자칭 제3의 눈으로 미래를 본다는 중국인, 어릴 적 함께 도마뱀을 잡던 영업맨, 탁월한데 당최 곡을 안 쓰는 작곡가, 면 종류와 바다라면 사족을 못 쓰는 피터팬까지. 나는 어떤 사람인가?

　내가 힘든 상황에 처하고 세상 모두가 나를 손가락질해도 이 친구들은 내 곁을 지켜줄 거라는 흔들림 없는 믿음이 있다. 그들에게 같은 일이 일어나도 나 역시 힘 닿는 데까지 나서고 더 나설 것이다. 이제 가을을 맞이한 우리의 인생, 웃고, 울고, 사랑하고, 아파하고, 소망하고, 갈구하고, 그리워하고, 외로워하고…. 불현듯 몰아치는 기쁨과 슬픔이 없다면 가을이 아닐 게다. 이를 막을 수는 없지만 내게는 함께 맞을 친구들이 있다. 그걸로 됐다.

"인생은 사랑 없이도 지혜롭고, 평안하며, 풍족할 수 있지만,
아름다울 수는 없다."

- Twitter

46

"어제를 후회하고 내일을 걱정하는 이에게
오늘을 살 틈은 없다.
닫힌 문을 보느라 열린 문을 놓치지는 마시길."

- Twitter

나는 평생 내 생각과 감정이 곧 나라고 생각했다. 그러나 잘못된 생각이었다. 내 생각과 감정은 내가 아니다. 내 의지와 전혀 상관없이 홀연히 나타났다 홀연히 사라진다. 갑자기 들이닥친 상념을 굳이 붙잡아 꼬리에 꼬리를 물도록 상상을 붙이고 감정을 더하는 게 나다. 지나간 일을 떠올리며 후회의 늪 속으로 빠져들고, 미래의 일을 추측하며 불안의 늪 속으로 빠져든다. 이미 일어났기에 자책해도 소용없고, 아직 안 일어났기에 걱정할 필요 없는 일에 집착해 불필요한 과민과 과장의 소용돌이 속에 휘말린다.

사람들은 귀찮은 생각과 괴로운 감정을 억지로 밀어내려 애쓴다. 그러나 다시 샘솟기 마련이다. 결국 밀려드는 생각과 감정을 막지 않되, 마음속에 똬리를 틀고 커지지 않도록 흘려 보내야 한다. 강둑에 앉아 흐르는 구름과 강물을 바라보듯, 들어오고 나가는 고민과 감상을 동요나 집착 없이 유유히 지켜볼 수 있다면 얼마나 좋겠는가? 이것이 명상의 목적이다. 즉 명상은 무념무상을 위해 하는 것이 아니다. 생각을 막지도 않되 잡지도 않는 것, 들어오면 흘러가게 놔둠으로써 마음속에 빈 공간을 만들어내는 것이다.

내 명상은 욕망을 버리고 속세를 떠나기 위해 하는 것이 아니다. 종교적인 색채나 의식도 일체 없다. 셰프이자 버락 오바마 대통령의 고문이었던 샘 카스는 "성공의 75퍼센트는 평온을 유지하고 긴장하지 않는 것"이라고 했다. 지나친 몰입과 감정적 집착은 시야를 좁히고 판단을 흐려 잘못된 결정을 초래하기 십상이다. 평정심을 잃은 상태에서 내리는 결정은 훗날 대부분 후회하게 된다. 실리콘밸리 CEO 중 80퍼센트 이상이 매일 명상 등의 수련으로 마음의 평정을 되찾기 위해 노력하는 이유다.

자세를 바르게 하고 눈을 감는다. 몇 차례 큰 숨으로 온몸의 힘을 풀고 호흡에 집중한다. 마음은 곧바로 잡다한 생각과 복잡한 감정으로 도망간다. 천방지축 튀는 마음을 붙잡아 다시 내 호흡으로 데려온다. 같은 일을 수십 차례 반복한다. 그러나 거듭할수록 더 빨리, 더 쉽게 마음을 잡아올 수 있고, 더 오래 호흡에 머무르게 할 수 있다. 언젠가는 생각과 감정이 절로 들어왔다 절로 흘러가게 놔둘 수도 있을 것이다. "듣는 고요가 되라"는 타라 브랙의 조언처럼, 상념을 동요 없이 지켜보는 평온

한 내가 되는 것이다.

　명상을 시작한 지는 얼마 되지 않았다. 나는 외부의 칭찬과 비판, 사고와 위기에 그다지 흔들리지 않는다. 그러나 배는 배 밖의 물이 아니라 배 속의 물 때문에 침몰하는 것이다. 나는 집착과 몰입에서 벗어나 고요한 평안과 만나고 싶었다. 노자는 "우울하다면 과거에 사는 것이고, 불안하다면 미래에 사는 것이며, 평안하다면 현재에 사는 것"이라고 했다. 과거와 미래로 도망가는 상념을 잡아 지금으로 데려오는 것, 불필요한 생각과 감정에 휘말리지 않고 하루하루를 음미하며 살아가는 것, 내가 명상을 하는 이유다.

"매일 아침 나는 내가 세상을 바꾸고 싶은지, 행복하게 살고 싶은지 선택한다."

- Instagram

<u>47</u>

"소통의 적은 불통이 아니라
소통을 하고 있다는 착각이다."

- Twitter

인스타그램을 시작한 건 몇 년 전이었다. 'Hello, Instagram!'
이란 노잼 포스팅을 시작으로 건강 식품, 동물 보호, 기후 변화
등 내 관심사와 회사의 근황, 책 등을 공유했다. 그러나 인스타
그램은 진지한 내용이 어울리는 소셜 미디어가 아니었다. 아
예 글 없이 사진만 달랑 올리는 게 유행이라고 해서 따라 해봤
으나 이게 뭐냐고 갸우뚱하는 팔로워들이 많아 그만뒀다. 한편
AI는 내 관심사를 귀신처럼 파악해 탐색탭에 동물과 음식 사
진만 잔뜩 올려줬다. 내 탭을 본 친구들은 이렇게 재미없는 피
드는 처음 봤다고 했다.

매일 열심히 하고 사생활도 공유하면 더 많은 팔로워를 얻었
겠지만 크게 신경 쓰지 않았다. 다만 관심사를 넓혀갈수록 외
모의 과장과 일상의 허세, 사생활과 상품을 엮어 파는 장사치

들이 자주 눈에 띄었다. 제대로 메시지 전달도 못하는데 하루 몇 번씩 보게 되는 중독성도 불편했다. 결국 2020년 8월, 나는 당분간 인스타그램을 그만두기로 마음먹었다. 그러나 10만에 가까운 팔로워들이 눈에 밟혔다. 그래서 내 인스타그램 피드를 깔끔히 정리한 뒤 감사의 글을 올렸다. 배움, 사랑, 도전에 대한 내 좌우명과 몇 년 전 베트남에서 하이킹하며 찍은 사진을 골랐다.

"그간 즐거웠습니다. 항상 깨어 있고, 죽는 순간까지 사랑하며, 절대 포기하지 마시길. 여러분의 삶을 응원합니다. It's been a joy. Thank you."

글을 올리자마자 연락이 오기 시작했다. 나를 걱정하는 지인들이었다. 순식간에 100여 개의 댓글이 달렸고 심지어 내가 극단적인 선택을 할까봐 충격 받은 사람들도 있었다. 다소 비장한 메시지와 산을 오르는 모습이 얼마 전 산속에서 유명을 달리한 고(故) 박원순 시장에 대한 트라우마를 자극한 듯했다. 이어 내 정계 복귀를 환영하는 수백 개의 댓글이 달리기 시작했다. 난 내 글을 거듭 읽어봤다. 내가 글을 못 쓰는 것인지, 난독증이 코로나처럼 번지는 것인지, 대체 어느 구절이 정치 재개를 시사했다는 건지 알 수가 없었다.

이튿날 아침 내 이름이 또 실시간 검색어 1위에 올라 있었다. 밤새 인터넷에는 내 정계 복귀를 예견하는 기사가 잔뜩 떴고, 방송에서는 논객들이 내 글과 사진의 의미를 입맛대로 해석하고 있었다. 하필이면 중요한 뉴스가 별로 없는 날이었던 것 같다. 나는 보통 언론과 여론의 추측에 대꾸하지 않는다. 그러나 이번에는 소동을 일찍 끝내고 싶었다. 가까운 사람들에게 불필요한 부담과 걱정을 주는 게 싫었기 때문이다. 그래서 〈중앙일보〉와 8년 만에 첫 언론 인터뷰를 갖고 정치 재개의 뜻이 없음을 명확히 밝혔다.

대중에게 잘 알려진 이들의 소셜 미디어는 쌍방향 소통보다는 일방적 독백이나 홍보에 가깝다. 유명인 또는 공인들은 대중과의 소통이라는 명분 아래 결국 자기 할 말만 하고, 사건 사고라도 터져 더 성실히 소통해야 할 때는 오히려 비공개로 전환하거나 계정을 삭제한다. 재미있게 즐기며 가치를 공유하고 싶어 시작한 내 인스타그램도 소통 대신 오해를 야기하는 도구가 됐다. 할 말이 있으면 오해의 소지 없이 제대로 하든지, 아니면 아예 하지 말든지…. 나는 소셜 미디어를 통한 소통의 원칙을 다시 세워야 했다.

"말하되 듣는 이가 이해 못하면 말하는 자세를 돌아보라는 옛 가르침을 떠올린다."

- Twitter

48

"미래는 내일 내가 무엇을 하느냐와
아무 상관이 없음을 깨닫는다….
미래는 오로지 오늘 내가 무엇을 하느냐에 달려 있다."

- Twitter

2020년 1월 우리는 113년 만에 가장 더운 겨울을 맞이했다. 서울에서 함박눈을 볼 수 있는 날도 겨울 내내 하루 이틀뿐이었다. 겨울을 좋아하는 내게는 치명적인 날씨였다. 여름에는 지겹도록 비가 내렸다. 50여 일을 하루도 빠짐없이 내리며 신기록을 세웠으니 전 국민이 우울증에 빠질 법했다. 나는 비를 좋아한다. 그러나 어쩌다 하루 감상에 젖을 수 있는 낭만을 좋아하는 것이지 수십 일간 비가 쏟아지는 정글에서 살고 싶은 생각은 없다. 국내는 물론 세계적으로 산불과 홍수 등 자연재해의 규모도 나날이 커지고 있다.

2020년은 코로나의 해였다. 코로나는 우리가 놀고, 일하고, 교류하고, 살아가는 방식을 뿌리째 뒤흔들었다. 바이러스는 대개 열대 우림에 서식하는 야생 동물을 숙주로 삼는다. 인간은 삼림을 벌목하고 생태계를 파괴하며 수천 년간 야생에 봉인되었던 바이러스를 세상으로 꺼냈다. 또 무분별한 육식과 공장형 사육으로 바이러스를 전파하고, 이는 에이즈, 에볼라, 조류독감, 돼지독감, 사스, 메르스, 코로나의 창궐로 이어졌다. 백신이 나온다고 해도 자연에 대한 인간의 공격을 멈추지 않는 한 바이러스의 역공은 계속될 것이다.

공기가 맑은 편인 평창동에서도 시내를 깨끗하게 볼 수 있는 날은 며칠 안 된다. 물론 미세먼지 때문이다. 올해는 코로나로 중국의 공장 가동이 줄어 작년보다 피해가 덜 했지만 최근 다시 괴로움이 느껴지기 시작했다. 나는 지난해 몇백 미터 앞조차 보이지 않는 최악의 미세먼지를 겪으며 공포심까지 느꼈다. 찰스 다윈은 《종의 선택》에서 "자연선택은 각 생물의 이익에 의해 그리고 이익을 위해서만 작용하기 때문에 어느 생물이든 자신에게 해로운 것은 아무것도 생겨나게 하지 않는다"고 했다. 인간은 예외임이 분명하다.

혹자는 어릴 적 동물이 좋아 동물원에 갔으나 지금은 동물이 좋아 동물원에 가지 않는다고 한다. 그러나 머잖아 동물원에 남은 동물들이 전부인 비극이 발생할 수도 있다. 연간 1억 마리의 상어가 지느러미만 잘린 채 죽어가고, 모피 코트를 만들기 위해 5000만 마리의 동물이 희생된다. 약재로 쓰이는 호랑이와 코뿔소와 물개, 상아 때문에 밀렵되는 코끼리, 멸종의 위기에 처한 청다랑어…. WWF에 따르면 서식지 파괴와 지구 온난화,

밀렵과 포획으로 지난 50년간 야생동물의 수는 68퍼센트나 감소했다. 여섯 번째 대멸종은 시간문제다.

환경 보전에 기여하는 건 쉽지 않은 일이다. 육식, 특히 쇠고기와 양고기 소비를 줄여야 하고, 상어나 참다랑어처럼 멸종 위기에 처한 야생 동물을 먹어서는 안 된다. 장바구니와 텀블러를 들고 다니고, 플라스틱 소비도 줄여야 한다. 불필요한 등을 소등하고, 전기차나 대중교통을 이용하는 것도 중요하다. 가장 먼저 변해야 할 이들은 기업이나 정부가 아니라 우리 자신이다. 치명적인 코로나, 사상 최장의 장마, 미세먼지의 폐해를 동시에 겪고 나서도 우리 아이들에게 물려줄 지구를 되살릴 생각을 안 한다면 구제불능이다.

언제부턴가 첫째가 쇠고기를 안 먹는다. 둘째와 셋째도 식단을 가린다. 모피를 입은 어른을 보면 눈살을 찌푸리고, 어릴 때 산 구스다운을 입을 때도 눈치를 본다. 첫 자동차로 전기차를 갖고 싶어하고, 쇼핑할 때는 꼭 플라스틱 비닐 대신 종이봉투를 요청한다. 그러나 내 주변에는 아직 휘발유를 쏟아붓는 대형 SUV를 보란 듯 타고, 모피코트를 자랑스레 입고 다니며, 중요한 행사에서는 꼭 스테이크나 샥스핀 스프를 먹어야 되는 어른들이 넘쳐난다. 아이들에게 잔소리할 필요 없다. 어른들만 잘하면 된다.

"'자연이 벙어리가 아니라 인간이 귀머거리다.' 테렌스 멕케나"

- Instagram

인상 깊게 읽은 환경 책 7권

- 엘리자베스 콜버트(Elizabeth Kolbert), 《여섯 번째 대멸종 (The Sixth Extinction)》, (2014)

- 앨 고어(Al Gore), 《불편한 진실(An Inconvenient Truth)》, (2006)

- 레이첼 카슨(Rachel Carson), 《침묵의 봄(Silent Spring)》, (2011)

- 제인 구달(Valerie Jane Goodall), 《제인 구달: 침팬지와 함께 한 나의 인생(My Life with the Chimpanzees)》, (2014)

- 게르노트 와그너(Gernot Wagner), 《기후 충격(Climate Shock: The Economic Consequences of a Hotter Planet)》, (2015)

- 칼 사피나(Carl Safina), 《푸른 바다를 위한 노래(Song for the Blue Ocean)》, (1999)

- 조너선 사프란 포어(Jonathan Safran Foer), 《우리가 날씨다: 아침식사로 지구 구하기(We Are the Weather: Saving the Planet Begins at Breakfast)》, (2020)

49

"실망과 분노는 늘 밑지는 장사.
상대는 기억하지 못하고 잘살 테니.
담아둘수록 적자가 커진다."

- Twitter

"딸들, 오늘 아빠와 나가서 저녁 먹자."

"싫어."

"왜?"

"아빠랑 나가면 다 알아보니까."

"나쁜 녀석들…."

매번 같은 답을 듣지만 또 물어본다. 며칠 새 생각이 바뀌었을 수도 있으니…. 애들에게 사생활의 소중함을 너무 세게 가르친 것 같다.

나는 유명인의 아들로 태어났다. 그러나 크면서 내가 유명인이 된다는 것은 깊이 생각해보지 않았다. 그런데 어쩌다가 스물셋의 철없는 나이에 하버드대학교를 좋은 성적으로 졸업한 영화배우의 아들이자 베스트셀러의 저자로 세상에 알려지게 되었다. 나는 대중의 주목을 받는다는 것이 얼마나 큰 부담과 제약을 수반하는 일인지 잘 알지 못했다. 만일 다시 선택이 주어진다면, 훗날 내 분야의 성과를 통해 필연적으로 알려지기 전까지 세간의 관심에서 벗어난 삶을 살기 위해 최선을 다했을 것이다.

나는 이제껏 한 번도 가족의 얼굴을 소셜 미디어나 홈페이지에 공개한 적이 없다. 함께 언론에 나선 적도, 정치적 또는 상업적인 목적을 위해 가족의 이미지를 활용해본 적도 없다. 선거운동을 할 때도 아내와 아이들을 내세우지 않았고, 기업인일 때도 가족과 함께 찍은 사진이 공개되지 않도록 철저히 주의했다. 아내는 천성적으로 대중 앞에 드러내기 싫어한다. 아이들도 성인이 되어 스스로 판단을 내릴 때까지 익명성을 최대한 지켜주고 싶다. 알려진 아빠를 둔 것만으로도 이제껏 혜택보다 피해가 훨씬 컸을 테니.

젊은 나이에 자서전을 쓰고, 언론사 CEO와 국회의원으로 활동하고, 소셜 미디어와 개인 홈페이지까지 운영하며 프라이버시를 열망하는 건 모순 아니냐고 묻는 사람들이 있다. 그러나 노벨문학상 수상자 가브리엘 가르시아 마르케스는 모든 인간에게는 세 가지 삶, 즉 '공적인 삶, 사적인 삶, 그리고 비밀의 삶'이 있다고 했다. 대부분의 사람들은 이같은 삶의 경계를 지키고 싶어한다. 나는 필사적으로 노력한다. 대중 앞에서 공적, 사적, 비밀의 삶이 하나인 양 행세하는 사람은 위선이고, 경계를 함부로 허무는 사람은 위태롭다.

프라이버시의 핵심은 자유와 존중이다. 인생에서 자유보다 소중한 가치는 없다. 돈도, 명예도, 심지어 생명도 자유롭지 않다면 아무 의미가 없다. 제대로 쓸 수도, 누릴 수도, 즐길 수도 없기 때문이다. 공적인 삶을 사는 사람도 사적인 삶의 테두리를 지키려고 노력하는 이유다. 또한 내 자유를 존중 받기 원한다면 상대의 자유를 존중해야 하는 것은 당연한 의무다. 내 권리를 주장하려면 상대의 권리도 존중하고, 상대의 책임을 물으려면 내 책임도 이행해야 한다. 남의 프라이버시를 지켜줘야 하는 이유다.

살면서 많은 소문에 시달렸다. 물론 좋은 소문은 거의 없었다. 근거 없는 의혹과 악의적인 댓글도 많았다. 그러나 때로 무시하고, 때로 감내하며, 내 삶의 경계를 지키기 위해 최선을 다했다. 가끔씩 참기 힘들 때는 더 심하게 고통받는 이들을 떠올리며 나 정도는 아무것도 아니라는 위로도 한다. 하지만 역시 최고의 처신은 남에 대해 부정적인 이야기를 하지 않고, 남에 대한 소문을 한 귀로 듣고 한 귀로 흘리는 것이다. 남의 자유를 존중하다 보면 언젠가 내 자유도 존중받을 수 있을 거라는 희망으로.

"어둠으로 어둠을, 분노로 분노를, 미움으로 미움을 이길 수
없다. 빛으로, 용서로, 사랑으로 이긴다."

- Twitter

<u>50</u>

"내가 신에게 가장 감사드리는 점은
아직까지 내게 감당 못할 성공과
수긍 못할 실패가 없었다는 것이다."

리먼브라더스에 있을 때 슈퍼복권을 샀다. 나는 당첨에 대비
해 엑셀로 수십 년간 나눠 받게 될 당첨금의 현재가치를 계산
하고, 파이 차트로 완벽한 비용과 투자 계획도 만들었다. 아내
는 그런 나를 보며 고개를 절레절레 흔들었다. 물론 꽝이었다.
스트럭시콘을 창업했을 때 목표는 혁신적인 기업을 세워 내 삶
의 주재자가 되겠다는 것이었다. 그러나 벤처를 혁신만 하려고
하는 건 아니지 않은가? 신혼 살림도 어려웠고, 학자금도 갚아
야 했고, 서울의 부모님도 고생하고 계셨기에 빨리 돈을 벌어
야겠다는 '소년가장'의 집념도 있었다. 결과적으로 얼마 안 되
는 퇴직금까지 날리고 알거지가 되었지만.

헤럴드를 인수할 때도 쉬울 거란 생각은 안 했지만 그렇게
어려울 줄은 상상 못했다. 치밀한 분석과 간절한 기도로 인수

한 기업이었고 회사를 되살리려는 집념과 의지도 충만했다. 그러나 내 의도와 달리 노조의 반발에 부딪히고, 검찰 조사와 소송에 시달리고, 개인적으로도 회사를 위해 수백억 원을 보증함으로 온 가족을 위험에 빠지게 했다. 국회의원 출마 때도 마찬가지였다. 꽃가마나 레드카펫은 기대 안 했지만, 여기저기로 밀려나고 결국 보수 정당이 한 번도 당선된 적 없는 불모지에 보내지리라고는 예상하지 못했다. 나는 운명적으로 어떤 일도 쉽게 되지 않는 사람이라는 믿음만 굳어졌다.

나는 내 아이들에게 여행과 독서와 운동의 중요성을 강조하고, 도덕과 신앙과 예절을 심어주려고 노력했다. 공부는 알아서 하리라 믿고 강요하지 않았다. 다만 많은 시간을 함께 보냈어도 아이들과 나 사이의 벽을 허물지는 못했다. 아이들이 착하고 똑똑하다는 주변의 칭찬을 들으며 안심했을 뿐, 내 아이들이 정신적인 고통을 겪을 수 있다는 생각은 해본 적이 없었다. 무엇보다도 나라는 아빠를 둔 아이들의 일상과 심정을 제대로 가늠하지 못했다. 어디를 가도 주목받고 사람들의 입에 오르내려야 하는 책임감과 부담감을 간과했다. 부모는 자식의 잘못으로부터 온전히 자유로울 수 없다. 모두 내 불찰이었다.

나는 기독교 신자다. 어릴 적부터 매일 밤 침대 곁에 무릎을 꿇고 기도를 드렸다. 내 기도는 늘 간절한 부탁으로 가득하다. 감사와 회개의 기도가 아니라 버킷 리스트를 읽는 수준이다. 가족의 건강과 사업의 성공, 비전의 발견과 인생의 보람, 합격과 당선처럼 굵직한 내용부터 지극히 사소하고 일상적인 내용까지 기도했다. 나는 성공이 사람의 노력과 하늘의 축복이 만나는 지점에 있다고 굳게 믿는다. 그래서 인간으로서 모든 노력을 다했다고 생각될 때, 아무리 생각해도 더 이상 할 수 있는 일이 없을 때, 나머지 결과를 전적으로 하나님께 맡긴다. 물론 항상 내 소망대로 되지는 않았고 원망스러울 때도 있었다.

그러나 젊은 나이에 거부가 됐다면 자신감에 취한 채 번 돈을 똑같은 방식으로 투자해 대부분 실패로 끝났을 것이다. 헤럴드의 경영이 쉬웠고 노동조합과 기자협회의 견제가 없었더라면 나는 언론 사주의 알량한 힘을 조자룡 헌 칼 쓰듯 휘둘렀을지도 모른다. 권력의 도움으로 원하는 곳에 공천돼 당선됐다면 4년 내내 계파와 진영의 목소리를 내며 의원 생활을 마쳤을 것이다. 자식의 고통을 알지 못했다면 아이들의 건강과 행복보다 더 소중한 것은 없다는 소중한 진리를 깨닫지 못하고 내 야망과 의지대로 키웠을 것이다. 인간의 노력을 다한다고 반드시 축복으로 응답하지는 않는 하늘의 야속한 지혜가 경이로울 뿐이다.

"내가 경외하는 신은 만능이 아닌 선별의 신이다. 신이 이제껏 내 기도를 모두 들어주셨다면 나는 파멸했을지도 모른다."

- Instagram

나가며

"항상 깨어 있고, 죽는 순간까지 사랑하며, 절대 포기하지
않는다."

- Instagram

얼마 전 삼성그룹의 이건희 회장이 작고하셨다. 이 작은 나
라에서 애플과 자웅을 겨루는 초일류 기업을 일군 기업인이다.
이렇게 기업인은 본인이 세운 기업으로, 과학자는 본인이 이
룬 발견으로, 예술인은 본인이 만든 작품으로 기억된다. 인간
의 가장 위대한 의무는 존재의 이유인 소명을 찾고, 그 실현을
위해 최선을 다하는 것이다. 나는 열다섯에 한국을 떠나 미국
을 배웠고, 스물셋에 미국을 떠나 중국을 배웠으며, 스물아홉
에 직장을 떠나 기업을 배웠고, 서른여덟에 기업을 떠나 정치
를 배웠다. 이제 정치와 기업을 떠나 인생과 세상을 배운다. 소
명은 도전을 통해 발견할 수 있으며, 도전은 비워야 보이고 던
져야 잡히는 우주다. 그렇다면 나의 소명은 무엇이고, 나는 무
엇으로 기억될 것인가?

"길이 있는 곳으로 나아가지 말라. 대신 길이 없는 곳으로 나아가 발자취를 남겨라." 나는 오래전 랠프 월도 에머슨의 말을 좌우명으로 삼았다. 그리고 내 소명을 찾기 위해 남이 덜 다닌 길을 찾아 나섰다. 덜 다닌 길은 불확실한 내일에 대한 공포로 가득하다. 그렇기에 많은 사람들은 불확실성보다 차라리 불행을 택한다. 덜 행복해도 더 확실한 길을 고르는 것이다. 나는 생각이 다르다. 두려워한다고 성공의 확률이 높아지지도, 실패의 확률이 낮아지지도 않는다. 두려움은 흔들의자처럼 사람을 앞뒤로 흔들지만 늘 제자리에 머물게 할 뿐이다. 마크 트웨인의 말대로 어차피 우리가 살아가면서 걱정하는 문제들의 대부분은 결코 일어나지 않는다. 두려움은 회피가 아닌 극복의 대상이다.

소명을 찾기 위해 어떻게 살 것인가? 인생은 다양한 직구와 커브를 뿌리고, 때로 데드볼도 던진다. 스스로 자초하는 경우도 있지만 대부분 예측하기 힘든 투구다. 복잡함 속에서 단순함을, 불화 속에서 조화를, 난관 속에서 기회를 찾기 위해서는 끊임없이 배우며 깨어 있어야 한다. 헨리 롱펠로는 "모든 이에겐 세상이 모르는 비밀스런 슬픔이 있으며, 때로 우리가 차갑다고 부르는 이는 단지 슬픔에 젖어 있는 사람일 뿐"이라고 했다. 내 비밀스런 아픔을 이겨내는 방법은 평생 사랑에 의지하는 길뿐이다. 또한 우리는 단지 노력하는 것뿐이며 나머지는 우리의 몫이 아니라고 했다. 성공은 인간의 노력과 하늘의 축복이 만나는 지점에 있다. 끝까지 치열한 노력을 계속할 수밖에 없는 까닭이다.

소명을 찾기 위한 나의 노력은 아직 진행형이다. 내 궁극적인 삶의 목표는 주어진 소명을 다함으로써 세상을 떠날 때 "내게 주어진 이 귀한 인생, 정말 잘 살았다"라고 말할 수 있는 것이다. 이제 슬슬 조급함을 느낄 나이가 됐다고 한다. 그러나 영화 〈타이타닉〉의 감독 제임스 캐머론의 크루 티셔츠에는 이런 문구가 적혀 있었다. "Hope is not a strategy. Luck is not a factor. Fear is not an option." 희망은 전략이 아니고, 행운은 변수가 아니며, 두려움은 선택이 아니라는 뜻이다. 옛 말씀에도 못가에서 물고기를 탐내는 것은 돌아가서 그물을 엮는 것만 못하다고 했다. 희망에 그치지 말고 행동해야 하고, 행운에 기대지 말고 사력을 다해야 하며, 두려움을 억누르고 계속 도전해야 하는 것이다.

"진실을 추구하는 사람들을 경외하고, 이를 찾았다는 사람들을 주의하라." 세네카의 가르침이다. 인생의 답이 무엇인지는 아무도 모른다. 중단 없는 배움, 계산 없는 사랑, 타협 없는 도전으로 – 항상 깨어 있고, 죽는 순간까지 사랑하며, 절대 포기하지 않는 길뿐이다.

"인생의 위대한 비밀은 내 인생에 부여된 독특하고 은밀한 비전을 읽어내는 것. 존재의 목적을 발견하고 성취하는 극소수

가 되는 것이다."

P. S. 글을 쓰다 보면 내 생각이라고 썼지만 실제 남의 생각이거나 이를 응용한 경우가 많다. 최대한 원작자를 찾아 표기했지만 이미 내 것으로 착각하고 있는 것은 기억력의 한계다. 혹 남의 글과 비슷한 게 있으면 고의가 아니었음을 양해해주시기 바란다.

감사의 글

27년만에 책을 펴내는 모험에 함께 나서준 위즈덤하우스와 류혜정 부서장님께 감사드린다. 나를 대신해 출판 과정을 총괄해준 성희연 팀장에게도 고마운 마음이다. 내 설익은 초고를 읽고 격려와 조언을 아끼지 않은 최두준 김민지 내외와 김만기 박보현 내외에게도 감사의 마음을 전한다.

떨어져 있지만 늘 마음 속에 있는 아내와 막내아들, 고된 해를 함께 보낸 첫째 딸과 둘째 딸에게 사랑을 보낸다. 몸이 불편하신 아버지와 어머니도 어서 일어나셔서 직접 읽어보실 수 있길 바라는 마음이다. 응원해주신 장인 장모님, 한결같은 기도와 성원을 보내준 성아 누나와 현화, 동생 나리, 인영 누나와 김명자 목사님께도 감사드린다.

내 삶의 크고 작은 도전을 함께해온 아킬라의 김관선, 이상

민, 성희연 씨, 올가니카의 양영란, 김은수, 정덕상 씨, 그리고 최진환, 황미애, 김광묵, 정명화, 김휘준, 서문연, 진현미 씨에게 감사와 경의를 표한다. 마음으로 성원해준 올재와 올가니카 팀원들에 대한 고마움도 잊을 수 없다.

끝으로 40년의 우정으로 부족해 지난 한 해 밤낮으로 내 곁을 지켜준 친구들 – 주종, 두준, 준우, 인종, 태훈, 상구, 영훈 – 그리고 마음으로 함께해준 상철과 만기에게 이 책을 바친다.

50 홍정욱 에세이

초판 1쇄 발행 2021년 1월 14일 **초판 8쇄 발행** 2022년 12월 2일

지은이 홍정욱
펴낸이 이승현

출판2 본부장 박태근
W&G 팀장 류혜정
디자인 주영훈

펴낸곳 ㈜위즈덤하우스 **출판등록** 2000년 5월 23일 제13-1071호
주소 서울특별시 마포구 양화로 19 합정오피스빌딩 17층
전화 02) 2179-5600 **홈페이지** www.wisdomhouse.co.kr

ⓒ 홍정욱, 2021

ISBN 979-11-91308-19-8 03810